彭佑明 主编

诗韵南洲

SHI YUN
NAN ZHOU

沈阳出版发行集团
沈阳出版社

图书在版编目(CIP)数据

诗韵南洲 / 彭佑明主编. —— 沈阳：沈阳出版社，2023.5
ISBN 978-7-5716-3120-8

Ⅰ.①诗… Ⅱ.①彭… Ⅲ.①诗词-作品集-中国-当代 Ⅳ.①I227

中国国家版本馆 CIP 数据核字(2023)第 065438 号

出版发行：沈阳出版发行集团 | 沈阳出版社
（地址：沈阳市沈河区南翰林路 10 号　邮编：110011）

网　　　址：http://www.sycbs.com
印　　　刷：长沙市精宏印务有限公司
幅面尺寸：170mm×240mm
印　　　张：20.5
字　　　数：180 千字
出版时间：2023 年 5 月第 1 版
印刷时间：2023 年 5 月第 1 次印刷
责任编辑：张晓薇
装帧设计：云上雅集
责任校对：张　晶
责任监印：杨　旭

书　　　号：ISBN 978-7-5716-3120-8
定　　　价：98.00 元

联系电话：024-24112447
E－mail：sy24112447@163.com

本书若有印装质量问题，影响阅读，请与出版社联系调换。

序一：诗韵南洲千古情

◎段新宇

又是一个诗意的春天。

南洲诗社走过了四十个春秋，成为湖乡大地一张美丽的文化名片。

我不大懂诗，也写不出很好的诗。但《南洲诗词》每期我都要看的，每读一次都有新的感悟和收获。诗刊的编者和作者们，都很有才华，很有诗情，尤其是那种潜心和执着，让人感动。他们把写诗作为了一种生活，一种陶冶，一种愉悦。南洲诗刊是以描写南县、歌颂南县、推介南县为主线的，这种浓浓的乡情和热情，值得尊敬！

诗词，短短的几句，那样的精辟，那样的生动，那样的优美和感人，堪称中华文化一瑰宝。

我们的先人，为什么创造了如此优美的诗呢？我觉得这与人类语言的发展有关，与人类社会的进步有关……后来词的出现又与乐曲的产生有关。由短句到长句，由散句到齐句。有平仄，有韵律，有乐感。

无论任何历史时期的诗词歌赋，都起源于民间，来源于生活且紧贴于时代。民间的歇后语、顺口溜、赞口词、山歌、号子。再由文人们加以修饰和提升，步步推进，由三五言到七言。至唐代好像五七言的诗已到了顶峰，后来又出现了长短句的词，以宋代尤盛。

有人说，唐代的诗是唱出来的，宋代的词是想出来的，现代人的诗许多是仿出来的。现代人作诗往往拘泥于声韵和格律，而缺少意境。不能忘记，我们写诗作文，不仅要有文采，更要注重写作的意境和目的，要为美而写，为思想而写。写出美的景物，美的情感，美的哲理，更要展现出作者美的思想和情怀。

诗词、文章既有深度，还有广度，更有高度的为"大家"；只有深度而缺乏广度和高度的作品为"名家"。

王勃的《滕王阁序》，算得上精美绝伦了，但总流露出一些书生怀才不遇的抱怨。远远赶不上范仲淹《岳阳楼记》中的"先天下之忧而忧，后天下之乐而乐"的博大胸怀。毛泽东主席的《沁园春·雪》，引经据典、气势磅礴，令多少名家难以超越。因为一般的作家不是伟大的政治家和思想家，只注重了作品的深度而无法达到作品的广度和高度，就不足为怪了。

我认为，只有壮怀激越，才有慷慨悲歌。能唤起民众救国济世的作品为上品，能让读者从美的感受中受到感化、净化的作品为妙品，东拼西凑枯燥乏味,让人找不到感觉的作品为庸品;而反伦理、反进步,腐蚀人们灵魂的作品为劣品。毫无疑问,劣品是应该受到批判和抵制的。今天南县诗词家协会编辑出版《诗韵南洲》,这里将精品奉献给大家,唤起人们对南洲这片美丽的土地诗一般的热爱。

望诗词作者们向新的高度不断攀登,祝南县诗词家协会越办越好,为社会的和谐和进步传送正能量。

2023年1月

(作者系中共南县县委原书记、益阳市人大原副主任、益阳市政协原副主席。)

序二：拥抱生活写新篇

◎ 王　刚

"我欲因之梦寥廓，芙蓉国里尽朝晖"。2022年，是党的二十大胜利召开之年。值此之时，由南县诗词家协会（前身南洲诗社）辑集的《诗韵南洲》一书即将公开出版，这是一件可喜可贺的事情。

南县是逶迤长江留给洞庭湖区的一块宝地。南县建制虽然只有127年，但在距今七千多年前，就有着先民在这里繁衍生息，且历经夏商周秦绵延至今，涂家台、卢保山、南湖、南山等新石器时代文化遗址保存完好，为这片水泽南洲留下了湖乡文蕴。唐宋以来，著名诗人李白、杜甫、范仲淹、张栻等都曾流连于这片地域，或避祸，或谪贬，或寄寓，在这里留下诸多壮丽篇章。无论是李白的"日隐西赤沙,月明东城草",还是杜甫的"护堤盘古木,迎棹舞神鸦",无不寄托着对这方水土的深切情感。明清之际,王俨、程万里等户部仕官,清廉为政,回到家乡后仍然"满庭明月遍床书,一榻清风自在眠"。

1921年,青年毛泽东携友到访,播散红色信仰的种子,启迪了段德昌、黄克佐、曾惇等大批仁人志士,从这里走上革命道路。在段德昌的影响和介绍下,彭德怀在南县加入中国共产党。彭德怀、黄公略驻军南县时曾相互答诗,留下《南洲相会》《答黄公略》等诗篇,更有段德昌在《悼步云》中豪迈放言:"宁做断头汉,不做屈膝鬼。"正是洞庭湖区"水落为洲、水涨为湖"的独特地理条件,孕育了这方水土的人文特质,如爱国主义的主旋律,创新、求变、自强不息的奋斗精神以及个人遭到不幸时对国家民族前途命运的思考,构成了湖乡文化的核心和本质。

美好的事物并不遥远,只要用心去感受,总会感觉到它的存在,因为洞庭湖就在诗人身边。正如艾青所说,为什么我们的眼中常含泪水,是因为对这片土地爱得深沉。南县诗人们继承湘风楚韵,成立诗社四十年来,俯仰湖光秋月,远眺洞庭山水,在"诗路拾玉""科技之声"等辑中,不但饱含着诗人们对祖国对家乡的昨天、今天和明天的热情讴歌与展现的进取精神,而且还继承了湘楚文化中的现实主义与浪漫主义的优良传统,以赋、比、兴的创作方法,唱响了时代的赞歌,体现了南县人改造客观世界、装扮美好生活的愿景和求真务实的创新精神。

党的二十大报告提出,坚持以人民为中心的创作导向,推出更多增强人民精神力量的优秀作品,培养造就大批德艺双馨的文学艺术家和规模宏大的文化文艺人才队伍。这为新时代文学高质量发展指明了前进方向。正如彭佑明老师诗云:"文脉长河流不尽,南洲沃野百花栽。"期望南县的诗人们,认真贯彻落实习近平总书记关于文艺工作的系列重要讲话精神,心怀朝阳,扎根热土,与人民心心相印,与时代深入对话,展现新时代精神高度,描绘新征程恢宏气象,书写生生不息的人民史诗,在新时代的星空中绽放更加璀璨的光芒。

2022 年 11 月 24 日

(作者系中共南县县委常委、县委宣传部部长。)

目录

段新宇 | 序一：诗韵南洲千古情 …………………………………… 001
王　刚 | 序二：拥抱生活写新篇 …………………………………… 004

第一辑　先贤流韵

江　淹 | 赤　亭　渚 ……………………………………………… 002
丘　迟 | 旦发渔浦潭 ……………………………………………… 002
李　白 | 荆州贼平临洞庭言怀作 ………………………………… 003
杜　甫 | 舟泛洞庭（一作过洞庭湖）…………………………… 003
刘长卿 | 赤　沙　湖 ……………………………………………… 004
齐　已 | 湖西逸人 ………………………………………………… 004
范仲淹 | 江上渔者 ………………………………………………… 005
陈与义 | 泊宋田遇厉风作 / 二十二日自北沙移舟作是日闻贼革面 / 雨 /
　　　　别　岳　州 / 忆秦娥·五日移舟明山下作 / 临江仙·高咏楚词
　　　　酬午日 ………………………………………………… 005
张　栻 | 过　洞　庭 ……………………………………………… 008
姜　夔 | 昔　游　诗 ……………………………………………… 009

黎存明	赤亭遗址	009
杨嗣昌	过天心湖	010
陶　澍	夜泊鸡山	010
沈其遴	夏日洪沾寺怀古即事	011
张明先	南平讲约／南平春霁	011
黄　晓	舟泊洞庭（二首）／赠阳侯	012
王为怀	望团山（二首）	013
丁　钰	陪查观察游	014
刘名顾	牧童	015
潘　类	赤沙湖	015
徐济时	重茸赤松亭作／甲戌秋陪陈县长书农坐绛云楼／秋日偕段曲庐游明山	016
梅先春	夏夜	017
宗步阶	泊明山鼓楼镇	018
孟继清	风正一帆悬／水深鱼极乐／水光浮日出	018
孟彦伦	竹解虚心是我师／修竹萧萧夏令寒	020
严首升	赤亭遗址	021
刘名顺	竹枝词	021
杨　瑞	傅家矶	022
胡　超	谒留侯祠	022
周眉而	寄山／九都赤松亭	023
赵海鹏	傅家圻八景诗	023
曾阴章	长堤春望	025
庄士源	夏雨荷喧	025
黄固元	渔舟唱晚	025
张鹏举	板桥观潮	026
陈自强	西墩晚眺	026

庄韵珊｜碧潭月涌／菱波秋泛……………………………………026
周文郁｜步疏溪十景原韵／步曾君小固游明凤二山感赋韵（二首）
　　　　…………………………………………………………027
赖承裕｜孟乙阁像赞（二首）……………………………………029
段修禅｜春日即景（二首）………………………………………030
李继仁｜题孟鹿门山房花卉………………………………………030
李　劲｜游明山……………………………………………………031
段吉士｜答梅花逸叟作伴原韵（二首）…………………………031
舒　用｜答人问（二首）…………………………………………032
段荫农｜和李知事况松游明山原韵………………………………032
孟芝瑞｜咏梅花……………………………………………………033
陈灿廷｜七绝（二首）／游赤松亭………………………………033
段毓云｜游赤松亭／题洗马池／明山麓成一市镇／晚游大同花圃／
　　　　长圻草堂…………………………………………………034
塔颜晖｜洞庭春涨…………………………………………………035
金汝皋｜洞庭春涨…………………………………………………036
李　崶｜赤亭遗址…………………………………………………036
董廷奎｜赤亭遗址…………………………………………………037
刘希昂｜赤亭遗址…………………………………………………037
王　俨｜过孙渔人湖上居…………………………………………038
李东阳｜王民望少司徒明山草堂…………………………………038
程万里｜赤亭遗址…………………………………………………039
黎　醇｜赤亭遗址…………………………………………………039
王之佐｜洞庭春涨…………………………………………………040
许　湄｜黄牯滩阻风………………………………………………040
沈其邅｜新秋洪沾寺即景…………………………………………041
段九成｜题大同花圃………………………………………………041

程海鲲	民六送别同学罗县长彦芳雨苍去任／晚眺赤松亭（二首）／	
	重葺赤松亭	042
程奎翰	咏　　樵／冬日野望	043
童悟盛	太白湖怀古	044
郭式仪	留　　别（二首）	044
王　虬	退思亭／大郎城谒岳忠武庙	045
卜息园	感　　时	045
黄公略	南洲相会	046
彭德怀	答公略	046
段德昌	悼步云	047
曾　惇	南常道上	048
杨绍曾	自题余沉集	048
郭金台	赤松亭怀古／洗马池怀古	049
罗植乾	大同花圃	049
再　春	春日登南洲碉堡偶占	050
杨伯辉	游赤松亭偶题（二首）	050
黄锦章	赤亭怀古	051
梅伯池	登绎云楼	051
黄少谷	甲辰生日小居散步	052
傅熊湘	赠　　人	052
陈　循	祭彭征君公	053
朱　熹	挽彭征君公诗	053
彭　泽	诗题会宗谱（节选）	054
陈国仲	冷饭洲玉静宫抱柱联	055
胡澍荣	南洲直隶厅	055
段霞五	宝塔湖宝塔联	056
赵明墅	扇子拐水仙庙联／赠涂县参议	056

徐济时｜南县十乡地名联……057

秦俶元｜重九题赤松亭……057

谢丙焜｜赤 亭 联……058

李贯自｜赤 亭 联……058

何 宣｜赤 亭 联……059

叶 琪｜赤 亭 联……059

刘 硎｜赤 亭 联……059

朱家缙｜赤 亭 联……060

朱家绂｜赤 亭 联……060

李公望｜赤 亭 联……061

李 劲｜赤 亭 联……061

李希尚｜赤 亭 联……061

陈运南｜赤 亭 联……062

陈灿廷｜赤 亭 联……062

张远熙｜赤 亭 联……063

张 英｜赤 亭 联……063

杨显锡｜赤 亭 联……063

段师道｜赤 亭 联……064

第二辑　诗路拾玉

沈于之｜南洲诗社成立五周年感吟 / 春 雪 有 感 / 鹧鸪天·颂祝南县解
　　　　放四十周年……066

姚长龄｜寻舵杆洲石台遗址 / 中 秋 月……067

万　迁｜从茅草街到三仙湖途中 / 咏明山头大电机 / 凭悼南县厂窖惨案
　　　　六十周年……068

刘亚南	赞八百弓公社	069
段新宇	茅草街大桥感赋	069
陈迪生	雪中赏菊 / 过洞庭湖有感 / 初访茅草街大桥	070
吴毅夫	春村即景 / 鹧鸪天·桂园咏樟 / 碑　魂	071
李劲武	小阑干·咏洞庭桥网 / 水　杉 / 渔　舟	072
余楚怡	今日南茅运河 / 为取消农业税叫好	073
戴赐善	银线沿着红线来	073
胡梦兰	记南县防汛	074
卞　玉	参加湘黔铁路会战	074
何绍连	平野花潮 / 长原稻浪 / 金堤人涌	075
胡德一	游蓬莱阁 / 游岳阳楼 / 再游西安	075
张至刚	乡村摩托 / 农　夫　乐	076
文致中	军号声声 / 人生感悟 / 情系天星洲	077
涂光明	咏　油　菜 / 赞奥运祥云火炬诞生 / 沁园春·洞庭飞雪	078
文　强	远别家山过洞庭 / 吊亡妻周敦琬（二首）	079
杨汇泉	定风波·还乡吟 / 重访南洲有感	080
彭佑明	人生小咏 / 水调歌头·天心湖 / 梦游仙·南洲	081
孙炜剑	又到南京 / 枫　叶	082
陈一民	颂　长　江 / 思　乡	083
徐国光	窗　前　明　月	083
周光应	望　故　乡 / 沁园春·水	084
刘立炎	浪淘沙·观荷花 / 咏　蚕 / 粉　笔	085
张先觉	鹧鸪天·"三农"激活	086
陈本力	黄　龙　洞 / 天下第一陵	086
刘金榜	立　春 / 端　午　吟 / 知　了	087
罗荣哉	处　世 / 天　安　门	088

| 李仲嘉 | 满江红·南洲纪实 / 咏　　竹 ·················· 088
| 陈定国 | 齐天乐·建国四十周年 / 鸦片战争一百五十周年有感
　　　　·· 089
| 方挽澜 | 元　　夜 / 清平乐·退休感赋 ··············· 090
| 陈庆先 | 如梦令·红叶 ····································· 090
| 段心禹 | 浪淘沙·农村即景 / 重阳抒怀 ··············· 091
| 全良才 | 中秋诗会 ··· 091
| 何应昌 | 端午节感赋 ······································ 092
| 张培源 | 鹧鸪天·《敬老尊贤作品选》出版 / 武汉电视塔鸟瞰 ······ 092
| 雍　勇 | 清平乐·老牛吟 / 秋　　收 ··················· 093
| 龙　龙 | 南洲村晚 / 说　　诗 ··························· 093
| 彭玉春 | 回　故　乡 ······································ 094
| 任振华 | 金桥三唱 ··· 094
| 郑世斌 | 郊游即兴 / 杂　　兴 ··························· 095
| 朱义中 | 抗灾吟（二首） ·································· 096
| 杨中孚 | 湖　上　行 / 金秋放怀 ······················ 096
| 殷　琪 | 国庆有感（二首） ······························ 097
| 肖正贵 | 忆　胶　州 / 偶　　成 ······················ 097
| 段明初 | 秋　　望 / 农　家　乐 ······················ 098
| 薛咏岚 | 北洋大桥竣工剪彩 / 小　草　吟 ··········· 098
| 严　浩 | 春　草　吟 / 咏油菜花 ······················ 099
| 李绍尧 | 退休感怀 / 老牛自述 ··························· 100
| 丁墨林 | 重　　阳 / 壬申元日 ··························· 100
| 张慧萍 | 梓山春夕 ··· 101
| 魏遐龄 | 敬赠老同志 ······································ 101
| 彭棣华 | 一剪梅·国庆抒怀 / 太平令·一九九二年春节 ····· 102

冷国山 | 白鹤子·游南茅运河 / 诉衷情·嫦娥奔月 / 乡村振兴感赋
　　　　 ……………………………………………………………… 102
邓莱香 | 赞环卫工人 / 鹧鸪天·湿地尝野味 / 鹧鸪天·生态稻虾第一村
　　　　 ……………………………………………………………… 103
蒋兰英 | 纳　　凉 / 江城子·怀念党的好女儿周铁忠 / 临江仙·游三仙
　　　　 湖水库…………………………………………………… 104
苏山云 | 春　　雨 / 台风登陆 / 西湖月·德昌公园夏晓………… 105
陈庆先 | 水调歌头·长沙………………………………………… 106
葛　谦 | 三　　峡（三首）……………………………………… 107
王兆霖 | 春　　雪 / 草…………………………………………… 108
黄　明 | 浪淘沙·抗击"非典"…………………………………… 108
曾雨畴 | 鹧鸪天·斥日本修改教科书否定侵华罪行……………… 109
曾资父 | 控拆日军杀害厂窖同胞的罪行（二首）………………… 109
周若山 | 咏　风　筝……………………………………………… 110
伏荣辉 | 咏　梨　花 / 咏　桅　子……………………………… 110
陈播雷 | 满庭芳·访生态庭院户………………………………… 111
段心梅 | 怀念段德昌将军………………………………………… 111
熊耀才 | 西江月·怀念…………………………………………… 112
张学文 | 春　　柳………………………………………………… 112
金伯喜 | 春　　泥………………………………………………… 113
彭百钧 | 临江仙·农家美………………………………………… 113
欧阳剑光 | 偶　　感（三首）…………………………………… 114
葛　颂 | 忆《岳阳楼记》有感 / 一剪梅·榕树赞………………… 114
高怀柱 | 春日山中………………………………………………… 115
李祖培 | 燕　　归………………………………………………… 116
秦松林 | 雪梅香·洞庭渔村……………………………………… 116
严蒲英 | 赏　　荷………………………………………………… 117

胡重威	湖乡小雪放晴	117
陈月华	游张家界神童湾	118
洪　英	解语花·拟仙居	118
李化雨	垂　钓　歌	119
罗耀东	采桑子·回乡	119
冯祯祥	南乡子·春雨 / 乡 村 秋 夜	120
彭　政	西江月·抗冰雪灾害	120
刘罗生	钓 春 趣 吟	121
谷世刚	临江仙·春杏	121
潘文彬	望海潮·回南洲	122
廖巨源	离休廿载感赋	122
毛应汉	洞 庭 大 桥 / 乡 村 公 路	123
碧玉箫	佳　　节 / 幼儿园采风	123
刘明汉	《南洲诗词》礼赞（二首）	124
杨凤仙	茅草街漫兴	124
潘之美	歌 妹 挑 战	125
许东华	鹧鸪天·柳 / 念奴娇·咏南洲广场	125
徐应斌	游德昌公园 / 鹧鸪天·花甲湖变迁	126
唐乐之	题 三 宝 祠 / 过 乌 江 亭 / 游 井 冈 山	126
李守其	菩萨蛮·春媚（二首）	127
马子惠	菜场巡礼（三首）	128
曾明艳	咏 兰 小 语 / 山茶雪里红 / 江 南 秋 兴	128
沈家树	晨	129
涂世辉	忆 赤 松 亭 / 赤松亭洞庭宫	130
万迪祥	永遇乐·南洲掠影	130
陈在时	鹊桥仙·钓鱼去	131
李政芳	桃　　花 / 荷　　花	131

刘泽群	西江月·清明游德昌公园	132
陈云祥	观赏南茅运河	132
罗建伟	话说南茅运河	133
孟蓉蓉	喜侃重阳	133
肖艳玲	赞德昌公园文化廊	134
肖　跃	上西樵山/龙涎瀑书怀/登黄鹤楼/赤松亭/湖滨春早	134
刘淑娥	翠　竹/寒　梅	135
包显扬	咏　身　影	136
赵石麟	临江仙·庭院之歌/临江仙·古树进城	136
赵锦文	咏蒲松龄	137
胡　坚	含羞草/防浪柳/路边草	138
胡九龄	颂小康之家/赏　月	138
欧阳浩	南洲新貌（二首）	139
姚笃行	过洞庭湖大桥	140
姚佩祥	陪客游南洲镇感吟（二首）/满庭芳·悠悠	140
夏俊清	故　园（三首）	141
游克卿	西江月·咏莲/滨湖秋色	142
戴修辅	还乡省亲/三度还乡探亲	142
柳伯屏	读《登鹳雀楼》后	143
段春作	春游碧云峰/退　休	143
段心浓	桃花源抒怀	144
吴正谷	香港回归颂/游德昌公园	145
林从龙	访普救寺/读《大风歌》/登鹳雀楼	145
郑文兵	奋泼丹青壮大千	146
周北辰	高考阅卷二十年祭	147
周耀光	洞庭春牧/咏茉莉花	147

周高朗	书　　怀 / 获国家老有所为精英奖有感	148
李伯约	国际老年人节赞歌	148
李声凯	春　　日	149
余迪华	重庆打工感赋（二首）	149
何炯明	七 一 放 歌	150
吴振兵	怡 红 院 / 潇 湘 馆	150
陈文旌	冬　　松	151
张宜武	中 华 颂 / 登 虎 歇 坪	152
张 轲	赏 晚 霞 / 咏　　梅	152
芮锡光	村 居 即 事	153
李三光	油 菜 花 / 牧　　牛 / 洞 庭 桥	153
石明科	千 禧 韵 / 虞美人·七一巡礼	154
卢焕文	健步雄跨新纪元 / 遗 训 子 孙	155
刘人寿	春游桃花源	156
刘海波	游长城有感	156
刘志武	迎 春 节（二首）	157
刘再玉	西 柏 坡	157
伏家芬	荧屏观澳门政权交接有感 / 感　　事（二首）	158
孙一今	全国专家聚焦龙山里耶秦简	159
陈登山	咏　　梅	159
陈义初	红 岩 掠 影 / 索 道 悬 湖	160
陈德梅	国际老人节抒怀	160
邓志龙	踏莎行·瞻仰中国驻越使馆	161
孔惠农	题 梅 花 / 自 勉 箴 言	161
王安民	庆北京申奥成功 / 自　　慰	162
王常珍	破阵子·神舟三号发射成功	162
王兆霖	春　　雪 / 草	163

王思则	洞庭春 / 咏梅	163
王云侠	咏施琅（二首）	164
龙爱冬	清平乐·重九感怀 / 戏仿白居易"不如来饮酒"	164
刘　艳	西江月·人居新貌 / 临江仙·悼袁隆平院士	165
雷子荣	宝塔湖寻诗	166
欧国华	秋柳	166
彭立夫	春	167
肖竹林	金缕曲·端午 / 行香子·回忆童年	167
刘曙光	疏影·寒园赏梅 / 踏莎行·踏春	168
朱先贵	采桑子·"三八"妇女节感怀 / 朝中措·踏青	169
冯正根	清平乐·春思	169
李玉洋	秋望	170
解建军	秋夜漫游南洲镇河堤有感 / 读《离骚》随感	170
黄千麒	地名妄改	171
汤海晏	洞庭湖	171
杨异群	咏燕	172
张光清	篱边菊	172
刘庆安	谒长沙贾太傅祠 / 南歌子·甲午重阳	173
曹百灵	忆秦娥·月下梅花 / 铁梅	173
李春琪	吟洞庭 / 太湖游	174
廖奇才	水调歌头·读《三北造林记》/ 战马	175
赵怀青	踏莎行·购岛闹剧	175
姚先驰	浪淘沙·备考	176
钟爱群	退休	176
胡润秋	洞庭牧鸭女 / 阳台	177
罗孟冬	秋日田园杂兴	177
李德国	风入松·惊梦抒怀	178

彭海明｜满江红·颂党恩	178
龙自军｜诗　趣／悟　诗	179
释德和｜农　家　乐	179
沈为公｜卜算子·惠策润三农／合　影	180
刘胜科｜回　乡	180
刘月香｜渔歌子·茅草街大桥／野　菊	181
马怀寅｜儿　童　之　歌／扶杖乡村游	181
周见昆｜盼　归／秋　收	182
林　峰｜望　洞　庭／赠南县诸君子	183
李慧娟｜游天星洲有感	183
林丹涛｜蝶恋花·秋赏南洲芦苇絮	184
傅占魁｜赏南县天星洲芦花	184
陈惟林｜农民工添喜	185
张观千｜奉　献	185
陈其武｜南洲采风有感／九　都　神　韵	186
李光辉｜西江月·忆长坡	186
周光明｜柳梢青·农村新貌	187
丁建华｜访沼气生态农业基地有感	187
全书卿｜农村富滴油	188
周耀光｜参观南县林业观感	188
刘明善｜南县新农村纪实	189
郭正泉｜七月乡村	189
黄善交｜浪拔湖怀古	190
曹霞初｜南县首届地花鼓艺术节	190
夏宏业｜题《南县地名志》	191
李天桥｜春　雨　闲　吟	191
谈子裕｜别了1404班	192

李云帆	中　秋　夜	192
杨昌华	天　星　洲	193
童松山	回　　乡／蝶恋花·秋夜忆母	193
彭任奇	秋末即景／浪淘沙·忆韶山	194
陈　智	咏南县芦花（三首）	194
寒　春	南县天星洲芦花（二首）	195
彭中文	借深南诗韵偶成	196
梦　欣	咏　芦　花（二首）／漫步宝塔湖边	196
李荣华	南　洲　行／如梦令·贺南县地花鼓申遗成功	197
詹易成	春满南洲	198
曾敢想	忆江南·南洲夕照（二首）	198
江　山	梦返故乡	199
李莹波	题　画　诗	199
黄运芳	延　安　游	200
胡培光	如梦令·知了／中国"一带一路"建设蓝图	200
易绪进	参观涂鸦村感赋	201
胡剑宏	咏　　莲	201
彭流萤	春节抢票回家有感	202
刘未零	洞庭明珠颂	202
文干良	罗文有约	203
周卫平	渔　　翁／咏　柳　絮	203
刘星辉	梦游周立波故居	204
何良厚	临江仙·初春江望	204
徐逢春	和滨龟鳖产业园开园志庆（二首）	205
黄耀南	春　　讯／春　　归	205
陈　亮	南洲湿地公园行吟	206
张　悦	南县行吟	206

沙永松	南县涂鸦	207
倪贤秀	罗文有约	207
田庆友	观赏罗文花海	208
刘小丹	南县印象（二首）	208
刘梅芳	月照空楼／春秋阁	209
曹维新	浣溪沙／咏老梅	209
周 伟	浣溪沙·牡丹	210
涂艳阳	罗文花海之恋（二首）	210
谭小香	满庭芳·母亲节	211
陈 成	卜算子·桃花／冬柳吟	211
吴必荣	咏梅（二首）	212
秦子平	渔家傲·荷花颂	212
曹应昌	过洞庭湖大桥遐想	213
徐飞鹏	重阳节即兴（新韵）	213
刘木兰	人生随感（二首）	214
汤国元	咏枫	214
熊小霞	上五峰山／游后河	215
刘海鳌	捕虾吟	215
彭 举	深圳有感（二首）	216
彭飞跃	同学会有感	216
朱 仁	观东胜机器插秧	217
王光华	鹊桥仙·嫦娥三号登月后	217
薛卫民	新旧农舍／漫步宝塔湖	218
康铁之	行香子·乡游／水乡抗洪	218
彭 静	南洲新貌	219
胡桂芳	浣溪沙·福兴村扶贫／建党百年颂	219
赵 勇	石矶头	220

陈通才｜浣溪沙·"一带一路"高峰论坛 ……………… 220

郭大平｜咏　松 ……………………………………… 221

王丹香｜鹧鸪天·河堤春行 …………………………… 221

何　俊｜采　春／晚　归 ……………………………… 222

张孝凯｜鹧鸪天·乡居 ………………………………… 222

韩白圭｜湘江春晓 ……………………………………… 223

刘剑萍｜唤秋凉 ………………………………………… 223

曹涤环｜秋　后 ………………………………………… 224

陈华平｜九都美 ………………………………………… 224

蔡均瑞｜寒春游状元湖 ………………………………… 225

张年斌｜春　耕 ………………………………………… 225

李艳青｜打工者中秋吟／清明忆君 …………………… 226

林汉钦｜中　国　梦 …………………………………… 226

彭庆京｜春日江夜／惜　秋／静夜有感 ……………… 227

王建国｜重阳节登马峦山 ……………………………… 227

胡爱泉｜鹧鸪天·采茶姑娘 …………………………… 228

龙远照｜游南县德昌公园 ……………………………… 228

周剑民｜秋日观荷 ……………………………………… 229

吴继明｜卜算子·春分 ………………………………… 229

贺汉华｜还乡应邀访南县电力公司 …………………… 229

俞首成｜沁园春·湘北交警／踏莎行·元宵之夜游南洲／金色盾牌
　　　　……………………………………………………… 230

第三辑　科技之声

文致中｜怀念袁隆平院士 ……………………………… 232

张至刚｜神 七 问 天……232
涂光明｜科技兴农感吟……232
陈播雷｜满庭芳·访生态庭院户……233
彭佑明｜农 机 赞／乘 凉 梦……233
苏山云｜占春芳·插秧……234
冷国山｜正宫·白鹤子·南山生态稻虾第一村……234
刘 艳｜卜算子·处暑日见人工降雨……234
徐国光｜庆贺神舟三号发射成功……235
罗时立｜忆江南·航母颂……235
彭中建｜智 慧 农 业……236
释德和｜希望的田野上／农 家 乐……236
彭阳春｜临江仙·老农乐耕……237
朱 仁｜观东胜机器插秧……237
王光华｜鹊桥仙·嫦娥三号登月后……237
刘木兰｜参观富硒产品（二首）……238
邓莱香｜南歌子·新村远眺……238
蒋兰英｜悼念肝胆外科之父吴孟超……239
周剑民｜悼袁隆平院士……239
胡德一｜悼袁隆平院士……239
肖竹林｜金缕曲·悼袁公隆平院士……240
孙炜剑｜人造卫星上天……240

第四辑　吟坛唱和

冷国山｜《南洲诗词》四十年感赋……242
苏山云｜庆祝南洲诗社成立四十周年……242

周见昆	秋波媚·贺南县诗协四十周年	243
冯忠祥	浣溪沙·赞《南洲诗词》暨向南县诗协成立四十周年献礼	243
段乐三	玉蝴蝶·《南洲诗词》四十年有记	243
李三光	南县诗词家协会成立四十周年有感	244
彭佑明	祝贺南县诗词家协会成立四十周年	244
涂光明	沁园春·诗路	244
黄曼妮	贺南县诗词家协会成立四十周年	245
刘　艳	临江仙·贺南洲诗社成立四十周年	245
康铁之	热烈祝贺南县诗词家协会成立四十周年	246
汤国元	贺南洲诗社四十周年庆	246
孙炜剑	贺南县诗协成立暨《南洲诗词》创刊四十周年	247
刘丰春	蝶恋花·贺南县诗词家协会成立四十周年	247
周卫平	贺南洲诗社成立四十周年	248
周守虎	贺南洲诗社成立四十周年	248
鲍寿康	贺南洲诗社成立四十周年	249
黄有为	贺南洲诗社成立四十周年	249
曹涤环	贺南洲诗社成立四十周年	250
黄德容	贺南洲诗社成立四十周年	250
王有仁	贺南洲诗社成立四十周年	251
张万豪	贺南洲诗社成立四十周年	251
何希伟	贺南洲诗社成立四十周年	252
蔡天健	贺南洲诗社成立四十周年	252
唐发军	贺南洲诗社成立四十周年	253
何庆华	贺南洲诗社成立四十周年	253
郭华浩	贺南洲诗社成立四十周年	254
刘仕清	贺南洲诗社成立四十周年	254

吴开君	临江仙·贺南洲诗社成立四十周年	255
徐德纯	贺南洲诗社成立四十周年	255
曾敢想	破阵子·贺南县诗协成立暨《南洲诗词》创刊四十周年	256
刘保生	热烈祝贺南洲诗社成立四十周年	256
郭再仙	临江仙·贺南洲诗社成立四十周年	257
刘星辉	贺南县诗词家协会成立四十周年	257
李建云	浣溪沙·贺南洲诗社成立四十周年	258
徐逢春	西江月·南洲诗社四十年	258
黄耀南	南洲诗社四十年庆	258
周剑民	贺南县诗词家协会成立四十周年	259
蒋兰英	贺南洲诗社成立四十周年	259
刘海鳌	贺《南洲诗词》创刊四十周年	259
陈　成	贺《南洲诗词》创刊四十周年	260
邓莱香	鹧鸪天·贺南洲诗社成立四十周年	260
彭中建	贺南县诗词家协会成立四十周年	260
刘明汉	恭贺南县诗词家协会成立四十周年	261
孟　敏	七律·贺南洲诗社成立四十周年	261
吴继明	鹧鸪天·庆祝南洲诗社成立四十周年	261
李艳青	贺南洲诗社成立四十周年	262
张怀玉	破阵子·纪念《南洲诗词》创刊四十周年	262
游利华	我歌诗协四十年／满江红·贺南洲诗社四十周年	262
萧竹林	贺南洲诗社成立四十周年	263
向国葆	《南洲诗词》创刊四十年小贺	263
朱　仁	贺南洲诗社成立四十周年	264
胡桂芳	贺南洲诗社成立四十周年	264
万迪祥	贺南洲诗词创刊四十周年	264
欧国华	贺《南洲诗词》创刊四十周年	265

胡文俊 ｜ 贺南县诗协成立四十周年 ………………………………… 265
蒋文卫 ｜ 纪念南洲诗社成立四十周年 ………………………………… 265
薛卫民 ｜ 纪念南洲诗社成立四十周年 ………………………………… 266
老　默 ｜ 贺《南洲诗词》创刊四十年 ………………………………… 266
胡德一 ｜ 赞《南洲诗词》 …………………………………………… 266
彭　飞 ｜ 定风波·贺南洲诗社成立四十周年 ………………………… 267
周铁军 ｜ 贺《南洲诗词》创刊四十周年 ……………………………… 267
刘木兰 ｜ 贺南县诗协成立四十年 …………………………………… 267
陈　俊 ｜ 贺南县诗词家协会四十大庆 ……………………………… 268
龙远照 ｜ 恭祝南县诗词家协会成立四十周年 ……………………… 268
洪　英 ｜ 感恩《南洲诗词》 ………………………………………… 268

第五辑　湘韵湘情

文致中 ｜ 我与诗词结善缘 …………………………………………… 270
李繁荣 ｜ 点赞四十春　风雅溢洞庭 ………………………………… 272
涂光明 ｜ 风雨兼程四十秋 …………………………………………… 274
彭佑明 ｜ 湘楚风韵润南洲 …………………………………………… 277
彭佑明 ｜ 回望南县诗协四十年 ……………………………………… 283

附录一：南县诗词家协会组织名单 …………………………………… 288
附录二：南县诗词家协会历届顾问、荣誉主席名单 ………………… 292

彭佑明 ｜ 后　记 ……………………………………………………… 295

第一辑 先贤流韵

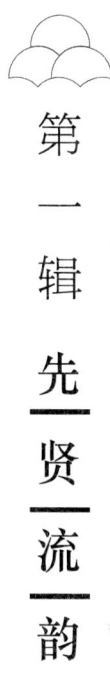

◎江　淹

赤　亭　渚

吴江泛丘墟，饶桂复多枫。
水夕潮波黑，日暮精气红。
路长寒光尽，鸟鸣秋草穷。
瑶水虽未合，珠霜窃过中。
坐识物序晏，卧视岁阴空。
一伤千里极，独望淮海风。
远心何所类，云边有征鸿。

作者简介：江淹（444—505），字文通，今河南省商丘市民权县，南朝著名文学家、散文家。官至金紫光禄大夫，封醴陵侯。

◎丘　迟

旦发渔浦潭

渔潭雾未开，赤亭风已飏。
棹歌发中流，鸣鞞响沓障。
村童忽相聚，野老时一望。
诡怪石异象，崭绝峰殊状。
森森荒树齐，析析寒沙涨。
藤垂岛易陟，崖倾屿难傍。
信是永幽栖，岂徒暂清旷。
坐啸昔有委，卧治今可尚。

作者简介：丘迟（464—508），字希范，吴兴乌程（今浙江省湖州市）人，南朝梁文学家，官至司空从事中郎。

◎李　白

荆州贼平临洞庭言怀作

修蛇横洞庭，吞象临海岛。
积骨成巴陵，遗言闻楚老。
水穷三苗国，地窄三湘道。
岁晏天峥嵘，时危人枯槁。
思归阻丧乱，去国伤怀抱。
郢路方丘墟，章华亦倾倒。
风悲猿啸苦，木落鸿飞早。
日隐西赤沙，月明东城草。
关河望已绝，氛雾行当扫。
长叫天可闻，吾将问苍昊。

作者简介：李白（701—762），字太白，号青莲居士，唐代伟大的浪漫主义诗人，被誉为"诗仙"，与杜甫并称为"李杜"。

◎杜　甫

舟泛洞庭（一作过洞庭湖）

蛟室围青草，龙堆拥白沙。
护堤盘古木，迎棹舞神鸦。
破浪南风正，收帆畏日斜。
云山千万叠，底处上仙槎。

作者简介：杜甫（712—770），字子美，自号少陵野老，世称"杜工部""杜少陵"，唐代伟大的现实主义诗人，被世人尊称为"诗圣"。

◎刘长卿

赤 沙 湖

茫茫葭菼外，一望一沾衣。
秋水连天阔，浔阳何处归。
沙鸥积暮雪，川日动寒晖。
楚客来相问，孤舟泊钓矶。

作者简介：刘长卿（约709—约789），字文房，唐代诗人，河间（今属河北）为其郡望。唐玄宗天宝年间进士。

◎齐 已

湖 西 逸 人

老隐洞庭西，渔樵共一溪。
琴前孤鹤影，石上远僧题。
橘柚园林熟，兼葭径路迷。
君能许邻并，分药剧春畦。

作者简介：齐已（861—937），唐益阳人。本姓胡，俗名胡德生，少牧牛，后出家，游历天下名胜，终荆南龙兴寺。有《白莲集》《风骚者格》诗集传世。《洞庭湖志》："俗分明山以东为东湖，明山以西为西湖"。湖西，即指今南县一带。

◎范仲淹

江上渔者

江上往来人，但爱鲈鱼美。
君看一叶舟，出没风波里。

作者简介：范仲淹（989—1052），字希文。祖籍邠州，后移居苏州吴县。北宋时期杰出的政治家、文学家。诗人于北宋景祐元年（1034）在苏州，见水情，联想到青少年时在洞庭湖西的生活，感慨赋诗。

◎陈与义

泊宋田遇厉风作

逐队避狂寇，湖中可盘嬉。
泊舟宋田港，俯仰看云移。
造物犹不借，颠风忽横吹。
洞庭何其大，浪挟雷车驰。
可怜岸上竹，翻倒不自持。
老夫元耐事，淹速本无期。
会有天风定，见汝亭亭时。
五月念貂裘，竟生薄暮悲。
萧萧不自畅，耿耿独题诗。

（此诗写于1129年端午节后的宋田港〔今南县南洲镇境内〕。）

二十二日自北沙移舟作是日闻贼革面

宛宛转湖滩，遥遥隔城邑。
是时雨初霁，众绿带余湿。
晓泽澹不波，菰浦觉风入。
我生莽未定，世故纷相袭。
靦然贺兰面，安视一坐泣。
岂知虎与狼，义感功反集。
尧俗可尽封，呜呼吾何及。
气苏巨浸内，未恨乏供给。
日历会有穷，吾行岂须急。
近树背人去，远树久凝立。
聊以忧世心，寄兹忘怏悒。

（载《钦定四库全书·简斋集》卷五第92页，此诗写于南洲境内。）

雨

霏霏三日雨，霭霭一园春。
雾泽含元气，风花过洞庭。
地偏寒浩荡，春半客泠塀。
多少人间事，天涯醒又醒。

（注：此诗在宋田港泊舟时作。）

别　岳　州

朝食三斗葱，暮饮三斗醋。
宁受此酸辛，莫行岁晚路。
丈夫少壮日，忍穷不自恕。
乘除冀晚泰，乃复逢变故。
经年岳阳楼，不见南宫树。
辞巢已万里，两脚未遑住。
水落君山高，洞庭秋已素。
浮云易归岫，远客难回顾。
飘然一瓶锡，未知所挂处。
寂寞短歌行，萧条远游赋。
学道始恨晚，为儒孰非腐。
乾坤杳茫茫，三叹出门去。

（建炎三年1129年夏，诗人陈与义避乱躲入湘北，适逢京西贼将贵仲正攻陷岳州，只得入洞庭泛游，五月二日过君山，五月初五日移舟明山之下。后泊宋田港，再游赤亭，故发出"学道始恨晚"之叹。）

忆秦娥·五日移舟明山下作

鱼龙舞，湘君欲下潇湘浦。潇湘浦。兴亡离合，乱波平楚。独无樽酒酬端午，移舟来听明山雨。明山雨，白头孤客，洞庭怀古。

（作者陈与义于1129年端午移舟明山〔今南县明山头镇〕，感怀而填此词。）

临江仙·高咏楚词酬午日

高咏楚词酬午日,天涯节序匆匆。榴花不似舞裙红。无人知此意,歌罢满帘风。

万事一身伤老矣,戎葵凝笑墙东。酒杯深浅去年同。试浇桥下水,今夕到湘中。

作者简介:陈与义(1090—1138),南宋诗人,字去非,号简斋,河南洛阳人。官至参政知事。宋时南渡,游历洞庭湖,颇感怀时事,有《简斋集》《无住词》。

◎张　栻

过　洞　庭

城头鸡一号,浩荡风脚回。
篙师起相呼,牵帆上高桅。
我亦推枕听,波浪声轰豗。
窗间试一觑,万顷银山开。
附火且安坐,念此亦快哉。
良久天平明,已见金沙堆。
泊舟古庙底,喜色动舆台。
我行正长夏,及此岁律摧。
通籍恨亡补,敢赋归去来。
所至有何忙,妙处姑徘徊。
险阻元自平,鸥鸟亦不猜。
万事有定理,渠谩费安排。

明朝上湘水，雪意正栽培。
行矣一杯酒，好在故园梅。

作者简介：张栻（1133—1180），字敬夫，号南轩，汉州绵竹（今属四川）人。南宋学者，迁于衡阳，张浚子。官至右文殿修撰。有《南轩集》等。"泊舟古庙底"，上即为傅家矶神鸦庙处。

◎姜　夔

昔　游　诗

洞庭八百里，玉盘盛水银。
长虹忽照影，大哉五色轮。
我舟渡其中，晃晃惊我神。
朝发黄陵祠，暮至赤沙曲。
借问此何处？沧海三十六。
青芦望不尽，明月耿如烛。
湾湾无人家，只就芦边宿。

作者简介：姜夔（1155—1221），字尧章，鄱阳（今江西省鄱阳县）人。南宋著名词人，一生布衣，晚年居杭州。赤沙曲，即赤沙湖沿岸，在今南洲镇一带。

◎黎存明

赤 亭 遗 址

往迹仙亭古，徘徊天路间。
鼎炉长夜别，风月几时还。

秋草黄如石，春城白有鹇。
景从惟汉相，辟谷素书艰。

作者简介：黎存明（生卒年不详），明湖广华容九都（今南县南洲镇）人。明岁贡生，著有《湖崖诗集》。赤亭，即赤松亭，在今南县县城东北隅。传说系汉张良慕赤松子游此而建，为历代著名道场。

◎杨嗣昌

过 天 心 湖

湖光开八百，际此识天心。
人意随空阔，端倪不可寻。
遥观洞庭水，已辨麓山岑。
径济如无事，虚劳测浅深。

作者简介：杨嗣昌（生卒年不详），字文弱，明武陵（今常德）人。万历进士，官大学士。天心湖，又作天星湖，在上、下天星湖，在今南县厂窖至天星洲之间，已淤塞成淞澧洪道之一段。

◎陶　澍

夜 泊 鸡 山

湖旁华容迥，停舟夜杳冥。
岸欹惟上月，山小不分星。

楝树鸦声乱，掀涛唇气腥。
岳阳旧游处，仙笛尚遥听。

作者简介：陶澍（1779—1839），字子霖，号云汀，清安化人。官至两江总督。鸡山，即寄山，在今南县华阁境内。

◎沈其遴

夏日洪沾寺怀古即事

抵岳破风驶，千年事已过。
敕封唐代主，奠立楚山河。
古木鸣朝鸟，深森鼓夜鼍。
屑然垂庙貌，砥柱洞庭波。

作者简介：沈其遴（生卒年不详），清康熙年间龙阳县（今汉寿）秀才。洪沾寺，遗址在今南县青树嘴中学。

◎张明先

南平讲约

故里南平地，随车雨至初。
除非高甸岸，便是洞庭湖。
编户风还古，劳人困渐舒。
舟波浑未定，险阻一平途。

南 平 春 霁

南天日日雨霁微，忽睹晴光百草晖。
洼地二耘无卤莽，平田一望尽芳菲。
晚风气蔼牛羊下，春水波生鲤鳜肥。
好子趋时南亩馌，草堂清昼掩柴扉。

作者简介：张明先（生卒年不详），字雪书，号洞庭，清安乡人。康熙进士，官至詹事少卿，广东学政。南平，古村名，在今南县北河口境内。

◎黄　晓

舟泊洞庭（二首）

一

虚阔天垂幕，日光摇水帘。
微纹展夏簟，匹练曳晴缣。
风细吹鱼沫，云高入羽纤。
橹声无定着，回顾没山尖。

二

何处称千顷？波臣未有涯。
中流蹲古貌，血食犒神鸦。
气静平如纸，春明夜放华。
浮空悬浩魄，坐对久忘家。

（神鸦，代指神鸦庙，在傅家矶，此即岳州去常德府必经之避风之所。）

赠 阳 侯

一叶清波夜不惊，湖光常伴月华明。
今宵酒醒知何处，但少邻鸡唱五更。

（此诗摘于黄晓的《夜宿洞庭记》中，是作者宿傅家矶后所作。）

作者简介：黄晓（生卒年不详），清初蓼州人。

◎王为怀

望 团 山（二首）

一

孤根托湖心，远与众山偶。
诸人人弱第，群贤贤小友。
精意泠秋善，灵气郁以厚。
忆昔禹凿时，斤斧不及剖。
怒浪咽还吐，平波清且皱。
峰顶旧兰芷，疑是水府有。
悠矣蛰龙睡，勉旃山鬼守。
毋使老鼋鼍，一夕负之走。

二

何年天上石，陨落质未朽。
孑立寡匹俦，挺为水砥有。
风举如欲飞，浪动还疑走。
树无一鸟栖，屈曲类囚扭。
孤根向何处？鼋鼍群为守。

野庙壁颓然，上所惟户牖。
萝丝危径遥，绝顶凹若臼。
纵目极无垠，远山翻倍蝼。
层冰千里来，欲言寒噤口。
焉得满湖春，兹为扫愁帚。

作者简介：王为怀（生卒年不详），清代龙阳（今汉寿）人。《南县古迹志》载：团山，在洞庭湖中与寄山（今华阁镇境内）相望，传中有风穴，犯之则阴风怒号。产赫石，可砚，以书工，有伏波庙。

◎丁　钰

陪查观察游

辛子归何处，螺鬟望里收。
渔蓑青草渡，牧笛赤沙洲。
杜若香为国，影上楼箊箊。
斯游逢异数，略分共寻幽。

作者简介：丁钰（生卒年不详），清代人，1692年前后在世，长洲人。赤沙洲，指今南县地域。

◎刘名颀

牧　童

逐利争名者，年途策马肥。
何如牛背稳，无是且无非。
饭犊童儿任，求刍且莫迟。
弹丸谁作牧，忍听民斯饥。
世路风波险，何如汝泰然。
一鞭牛背稳，长啸夕阳天。
短笛横牛背，高歌向晚天。
萧然无个事，饱饭抱云眠。

作者简介：刘名颀（生卒年不详），字佳安，刘名顺之弟，清代安乡南平村人。贡生，不仕。课生徒，修堤垸，名重乡里。

◎潘　类

赤　沙　湖

鼓楫违青草，停桡已赤沙。
湖光开晓镜，山色上朝霞。
月幌鱼龙宅，霜寒雁鹭家。
棹歌闻疑乃，秋思渺无涯。

作者简介：潘类（生卒年不详），清代人。

◎徐济时

重葺赤松亭作

堤障孤亭近,虹桥一道通。
授书多嗫望,辟谷少雷同。
秋草残犹绿,春花落亦红。
谁能天世虑,此地学禅空。
亭自何时起,中经又几年?
湖山开百族,松石驻双仙。
四载非乘地,三苗旧策源。
宁知沧海后,今日有桑田。

甲戌秋陪陈县长书农坐绛云楼

初霁园如洗,凉生草阁前。
鸤鸠犹叠唤,蛟蝶自双翩。
欲以亭名雨,难为笔似椽。
未能陪日陟,且喜共丰年。

(陈县长,即时任南县县长的陈书农。1921年春夏之交,他随毛泽东、易礼容到南县考察国民教育,时间8天。)

秋日偕段曲庐游明山

小艇载游踪，寻山指郡东。
巉岩何磊落，林树自葱笼。
深处龙蛇劫，空冥鸿雁通。
扶遥非九万，未敢下斯风。

（段曲庐，即段毓云之别号，曲庐在城区的古松巷。明山，即今日南县明山头。）

作者简介：徐济时（生卒年不详），字学古，号沙萍，民国时南县人，湖南第一师范毕业，曾任南县县立师范学校校长和南县教育局局长。

◎梅先春

夏　夜

依露坐清宵，凉风渐渐紧。
隔水一流萤，照见荷塘影。
三更好月来，又上青松顶。
对兹万虑清，忘却罗衣冷。

作者简介：梅先春（？—1943），字文甫，南县北乡仁美区（今浪拔湖镇）人。1921年任县议会议员。

◎宗步阶

泊明山鼓楼镇

春水荡轻舟，沿山泊鼓楼。
碧堆湖浪拍，青送草烟浮。
酒熟鱼堪下，囊空盗不愁。
苍茫何所立，望古发清讴。

作者简介：宗步阶（生卒年不详）。鼓楼镇，指明山，宋元明时名古楼寨。

◎孟继清

风正一帆悬

泛到潮平处，轻舟荡不前。
唯有风已正，恰好帆高悬。
一叶鸿毛过，孤蓬雁影连。
张云飘儵甬，破浪去悠然。
远浦同归逐，清湘异转旋。
西江何日戏，北固几时还。
自有牙樯稳，虚凭桧楫坚。
天工人力代，道岸独登先。

水深鱼极乐

汲得西江水，悠然乐在鱼。
浮沉深更好，鼓舞极无余。
沧海堪游泳，汪洋独展舒。
随时依密藻，到处弄新蔬。
啜泣应能免，相忘定不虚。
临渊难结网，剖粒岂盈车。
活泼濠梁趣，爽犹泽国居。
龙门登有路，霖雨快何如。

水光浮日出

一望苍茫里，晖晖日影投。
多因天色出，恰共水光浮。
荡漾摇金镜，精芒射锦楼。
红轮沧海转，赤羽大江流。
薄练千丈叠，微云四望收。
波心沉玉珥，浪底滚晶球。
冉冉瑶池外，煌煌古渡头。
重明还待月，久照遍遐陬。

作者简介：孟继清（？—1922），字集生。世居九都（今南洲镇）竹山屋场。清末举孝廉方正省议员而力辞不就。

◎孟彦伦

竹解虚心是我师

淇奥猗猗竹,吾师是处寻。
我非无傲骨,君亦解虚心。
震出东方气,谦修北面忱。
中通莲性合,旁在树枝临。
素翳兼予净,红尘不尔侵。
此间宜拱手,退坐且挥琴。

修竹萧萧夏令寒

绕屋栽修竹,凭教夏令消。
寒生风飒飒,暑避景萧萧。
赤日遮三伏,苍烟拂半宵。
林深嫌簟冷,坐久看衣飘。
翠黛迷幽径,清飚送小桥。
烹茶奴屡唤,对奕客相邀。
亭苑清凉甚,轩窗俗虑销。
放翁留妙句,雅韵缀琼瑶。

作者简介:孟彦伦(生卒年不详),字广圻。孟继清之子,九都(今南洲镇)竹山屋场人。光绪优禀出身,保定陆军大学毕业,历任朝阳镇守使,陆军中将等职。诗文优长,天生豪放。

◎严首升

赤亭遗址

荒垣藉草尽舟人,断续渔歌听不真。
记得流离曾十载,苍茫处处是迷津。

作者简介:严首升(生卒年不详),字平子,号濑园,华容县岁贡生。明崇祯时人,著有《濑园集》,今佚。

◎刘名顺

竹 枝 词

洞庭春水泛春波,买得扁舟野兴多。
几个鸥儿间伴我,半湖烟月听渔歌。

红灯高照野人家,女手纤纤夜绩麻。
更喜小姑能解事,二三更里纺棉花。

一带斜阳照野亭,渔人晒网绿杨汀。
老翁携取鱼儿去,换得长街酒一瓶。

绿上垂杨碧上帘,夫人台上草纤纤。
寻春偶到南湖寺,笑折花枝插帽簪。

采采藜蒿踏绿莎，南平洲上泥水多。
树头一鸟分明语，可怜行不得哥哥。

作者简介：刘名顺（生卒年不详），清朝安乡南平村人（今北河口）。字豫安，补廪生员。

◎杨　瑞

傅　家　矶

危矶壁立当风潮，兀与湖势争雄豪。
南船北舫此一聚，日落不落天为摇。

作者简介：杨瑞为（生卒年不详），清代文人。傅家矶故址在今南洲镇南山村境内。

◎胡　超

谒留侯祠

忠心一点复韩国，义气千秋报汉王。
妙算秘承黄石册，高风独托赤松藏。

作者简介：胡超（生卒年不详），清代文人。留侯，即汉朝张良。

◎周眉而

寄　山

春夏重湖水势骄，惊涛撼去几岩峣。
剩三两点青螺在，留与诗人挂酒瓢。

九都赤松亭

三仙飘笠几时逢，一棹孤亭访赤松。
圯上受书皆假托，南洲那得有远踪。

作者简介：周眉而（1852—？），字蔗奄。性爱丘山湖水，曾孤棹遍访湖山亭台，吟七绝三百韵付梓。

◎赵海鹏

傅家圻八景诗

古寺钟声
苍松郁郁庙堂壅，涧水萦回曲径通。
宿鸟寒林云幂幂，声声风送夕阳钟。

水榭荷风
竹床石枕梦方长，水榭清阴好纳凉。
绿叶朱花波浪阔，临风摇曳送清香。

春郊放犊

朦朦霭雾影苍苍,曙色时分便觉凉。
只是牧童常早起,草深湖畔放牛羊。

绿野炊烟

半近山城半水乡,四围杨柳与柔桑。
西畴一郭炊烟起,十里人家麦饭香。

太阳唤渡

漫天风雪马蹄骄,行到源头水国遥。
欲达前溪因岸隔,临波声唤木兰召。

渔舟唱晚

波光浩渺淡云浮,乘得清风好放舟。
四面湖山皆画锦,一声渔唱夕阳秋。

板桥垂钓

缤纷两岸遍桃花,浪涌红桥夕影斜。
寂寞扁舟垂钓叟,一溪烟水便为家。

芦花落雁

秋高气爽白云飞,枫叶飘零绿渐稀。
一望花疏芦苇岸,西风旅雁带书归。

作者简介:赵海鹏(生卒年不详),此为民国时抄存。傅家矶,又名傅家圻古遗址,上有傅家矶庙,即南施寺,已越千年。《华容县志》载:宋时洪姓建。现已淤塞成洲。

◎曾阴章

长堤春望

长堤春尽日初斜,散步寻芳逐水涯。
风景依稀何处好,绿杨深处有人家。

作者简介:曾阴章(生卒年不详)。

◎庄士源

夏雨荷喧

波摇翠盖护田田,骤雨飘来欲暮天。
恼煞鸳鸯初睡却,敲残香梦不成眠。

作者简介:庄士源(生卒年不详),1914年任南洲中学堂鉴督。

◎黄固元

渔舟唱晚

罢钓归来月正圆,轻舟摇破一溪烟。
兴来高唱西岩曲,响彻行云过楚天。

作者简介:黄固元(生卒年不详)。

◎张鹏举

板桥观潮

昨宵风雨过墙东,第二桥头落满红。
渔父不知新水涨,日高犹卧绿杨中。

作者简介:张鹏举(生卒年不详)。

◎陈自强

西墩晚眺

劳人碧水催舟去,倦鸟青山展翅还。
日暮西墩时一眺,又来明月照花间。

作者简介:陈自强(生卒年不详)。

◎庄韵珊

碧潭月涌

蟾光滚滚一团秋,倒影澄潭彻夜浮。
惊动白鸥眠不得,波心时打水晶球。

菱波秋泛

双双罗袜解凌波，采得红菱各几何？
秋老紫苞香在手，归船满载笑声多。

作者简介：庄韵珊（生卒年不详）。

◎周文郁

步疏溪十景原韵

长堤春望
一阵东风万树斜，杨花乱叠水之涯。
双双海上新来燕，往复仍寻旧主家。

西墩晚眺
畴留鸿爪印苔痕，有客寻芳屡造门。
欲豁诗眸残照里，大观须上半山墩。

板桥观潮
桃浪层翻撼画桥，一溪春水鼓双桡。
随波上下舟如织，惹得东风舞细腰。

夏雨荷喧
荷盆沥乱响铮铮，和打芭蕉一样声。
天霁纳凉浮小艇，尚饶清韵静中生。

柳阴垂钓
不蓑不笠坐浓阴,浮水游鱼怯影沉。
钓得大名垂宇宙,此生不负钓鱼吟。

菱波秋泛
泛遍秋波不挂帆,双桡飞动手掺掺。
丰姿绝世翩翩女,斗采红菱水湿衫。

烟津唤渡
马蹄踏处一声骄,烟水迷离涨夜潮。
客阻芳津忙欲渡,招招唤断隔江舠。

碧潭月涌
水静潭深澈底清,一轮光涌月华生。
轻风微动波心处,摇曳团团玉镜明。

仙寺闻钟
古寺迢遥两岸通,客舟夜泊大江东。
钟声递听清风里,几杵轻敲到日红。

渔舟唱晚
渔翁放棹小桥西,水涨船高岸转低。
一曲棹歌天际晚,声声远彻落花蹊。

步曾君小囡游明凤二山感赋韵（二首）

明凤排空对峙横，未临绝顶有人声。
桃开洞口春添色，芝采山头掬易盈。
古寺千秋留胜迹，禹功万世颂成平。
冶城遐想登安石，寰海何年奏境清。

明山遥映凤山清，竞爽峨峨亘古横。
一殿上临姜庙峙，双峰高压丈人平。
仙源有路花迎入，荒径无尘草蔓盈。
鸟到知还飞也倦，夕阳枝上弄歌声。

（明山、凤山，对峙于明山头镇两岸。）

作者简介：周文郁（生卒年不详），号森林，湘阴湄江人。清光绪庚子迁南县贡固垸。曾代理安乡县知事。晚年在沅江、南县一带任教。有《湄江诗记》《湖课余吟》等。

◎赖承裕

孟乙阁像赞（二首）

来停宦辙近三年，愧少嘉犹众口传。
半赖此公襄赞力，蒇躬聊可免丛愆。

骊歌一曲本将行，为访高人暂转轮。
寄语阁厅名利客，正须争睹此仪型。

作者简介：赖承裕（生卒年不详），别号字佩，福建人。光绪二十七年（1901年）任南洲直隶厅抚民府判官。此诗为其任内所作。

◎段修禅

春日即景（二首）

寻芳已到奈何天，闲就僧房借榻眠。
谢尔多情双燕子，依依环绕画楼边。

醉来独立板桥头，四面风光眼底收。
春信无端分早晚，桃花带笑柳含愁。

作者简介：段修禅（生卒年不详），字霞五，南洲直隶厅（今南县）人，光绪甲辰年（1904年）科生员。湖南高等学堂文科毕业。

◎李继仁

题孟鹿门山房花卉

桂子扬芬笑欲颠，冰桃雪藕是怡年。
高人更有陶周癖，秋种黄花夏种莲。

作者简介：李继仁（生卒年不详），字祝三，民国初以功绩升至湖南省水警专署南县分署长，驻防南华汛地，后居九都，并任县立女子职业校长。

◎李　劲

游　明　山

澄清有志谢东山，处处疮痍满目间。
待到升平歌舞日，儿童竹马送君还。

作者简介：李劲（生卒年不详），别号沉松，衡阳人。1921年任南县知事。

◎段吉士

答梅花逸叟作伴原韵（二首）

一

苍天有意起英雄，玉汝无妨患难中。
漫说穷途当暮齿，斜阳返照白头红。

二

春到乡关转眼望，梅花几树照村庄。
探他颇解离人意，故向风前雨样妆。

作者简介：段吉士（生卒年不详），字芹生。南县六区段家老台人，原名祖乐。光绪优廪生。曾任玉门安西等县知事。1916年告老还乡。翌年任南华安沅四县团防总局会办。有《芹生家书》一卷。

◎舒 用

答 人 问（二首）

一

客诗疏溪路不迷，南洲南下洞庭西。
三仙镇口寻双闸，两岸垂杨一剪齐。

二

四面岚光映水鲜，不开花日也争妍。
那知大地阳春出，都在疏溪两岸边。

作者简介：舒用（生卒年不详），字少霖，南乡尚义区（今三仙湖一带）人。民国初年任南县议会议长。曾作《疏溪十景》诗。

◎段荫农

和李知事况松游明山原韵

灵钟毓秀再无山，一邑菁华萃此间。
忍使五丁开凿遍，出门政令许回还。

作者简介：段荫农（生卒年不详），字云川，九都城区（今南洲镇）人。日本东京大学法律正科毕业。曾任南县县立第一高小校长等职。

◎孟芝瑞

咏梅花

万种梅花万首诗，任他霜雪雨风驰。
随园傲句秀而雅，不及江南折一枝。

作者简介：孟芝瑞（生卒年不详），南县人，乡绅，曾任城区护堤董事。有《浩庐诗稿》一卷。

◎陈灿廷

七　　绝（二首）

一

清宵寂寞月横秋，为咏松牌韵独悠。
借问睡仙何日醒，他年同向洞庭游。

二

乘兴来寻河上仙，平湖潮展半江天。
伊谁敢效鲲飞去，冲破秋空万里烟。

游赤松亭

孤亭浮水水浮空，凭眺山川气象新。
万里涛声奔日夜，千年世局感污隆。
椎抔博浪沙中客，松引蓬莱海上公。
仙子重来谁识得？江头为问钓鱼翁。

作者简介：陈灿廷（生卒年不详），原籍益阳，此为旅南时作。原作前有七律一首和诗序。

◎段毓云

游赤松亭

为访赤松问小童,护亭江上水连空。
苍茫最是湖山色,沙鸟风帆补缀中。

题洗马池

武穆精忠事尽搜,池名洗马亦风流。
绿杨芳草思遗迹,犹是千年水一瓯。

明山麓成一市镇

状似麒麟地势雄,层岩矗立护江东。
山头有镇新区划,卅里南洲一苇通。

晚游大同花圃

大同路上竞繁华,岂是龙钟酒兴赊。
小饮临轩风入圃,凭栏独坐月移花。
闲情畅叙擒幺处,曲径旁通辟谷家。
已觉寻常成涉趣,身轻步缓当轮车。

长圻草堂

水绕山环眼界遥，草堂湫隘避尘嚣。
门前鹤舞天乡静，港后渔歌酒店招。
杨柳风流烟浦暖，桑麻寥廓土田饶。
离城五里交通便，琼树桥边路一条。

作者简介：段毓云（生卒年不详），字秀珊。湖南达材法政学校法律别科毕业，曾代理南县公安局局长。

◎塔颜晖

洞庭春涨

洞庭春渍浩无边，渺浸君山小似拳。
三月鱼龙翻巨浪，一番风雨破层烟。
天开雄水连三峡，地涌洪涛漾百川。
若欲穷源窥此理，乘槎应是问张骞。

作者简介：塔颜晖（生卒年不详），元河南人，进士，任安乡知县，官至西台御史。《南县地名志》载："洞庭春涨"为古安乡八景之一，现在南县北河口一带。

◎金汝皋

洞庭春涨

湖平荡漾水涓涓，阔涨春来自转旋。
吴共楚分联轸翼，地连天处见云烟。
梧苍落影澄波素，嶂碧含香溅浦边。
孤屿障霞晴日晓，凫飞逐浪晓行船。

作者简介：金汝皋（生卒年不详），字桂林，明安乡人。万历年间曾任襄阳教授。著有《丛桂山房集》。

◎李　嵩

赤亭遗址

小亭构在碧湘湄，曾见三皇旧雨师。
龙虎九还遗世去，羽翰万里驾风驰。
天荒涧草埋苔径，地老林花落石池。
遥想洞庭明月夜，飙车重到更题诗。

作者简介：李嵩（生卒年不详），明湖广华容人，宣德壬子（1432）举人，仕至山西左参政。赤亭遗址为明代章华十景之一，余为沱溪晓渡、石佛樵歌、板桥春涨、青湖夜月、驿路松风、东山霁雪、南山远翠、渚塘渔笛、靖庐瀑布。

◎董廷奎

赤 亭 遗 址

辅佐三皇旧有功,古亭形胜一时空。
荒城乌鹊鸣秋雨,败屋荆榛起暮风。
辟谷不为秦主用,见机犹保汉臣终。
列仙有传伊谁作,浪说神仙是此公。

作者简介:董廷奎(生卒年不详),明湖广华容人,明景泰庚午(1450)乡荐第一。辛未(1451)进士,仕至山东按察副使,为御史15年。

◎刘希昂

赤 亭 遗 址

仙客乘云上帝乡,空遗亭址枕清湘。
从游不见汉人杰,感遇谁如陈子昂。
寂寂荒阶新草绿,漫漫断碣古苔苍。
旧时唯有湖山在,鸟自啼春花自芳。

作者简介:刘希昂(生卒年不详),明湖广华容人,明景泰年间(1450—1456)举人,仕至云南同知。

◎王 俨

过孙渔人湖上居

蓬窗荻柱水云乡，采采芙蓉兴未央。
湖上乱峰青鬈远，篱边高柳望烟长。
壮年谢客归湖岸，昭代推恩自翼方。
南去草堂舟楫便，江山风月共徜徉。

作者简介：王俨（生卒年不详），字民望，明湖广明山（今南县明山）人。官至户部左侍郎，正德（1506年间）告老还乡。孙渔人，名孙宜，字仲可，华容（今明山）人。肆力词赋，以名人自负，自称洞庭渔人。

◎李东阳

王民望少司徒明山草堂

华容之南洞庭北，明山苔尧与天碧。
峰回路转高复深，下有东曹侍郎宅。
侍郎昔日此山居，三间草堂一床书。
门前花树随开落，檐际烟云时卷舒。
扶筇上山望寥廓，泛舟入湖湖水阔。
醒看庭月挂松梢，醉爱江风起萍末。
朝走燕齐暮入秦，羯来关塞随风尘。
丹心用尽发半白，三十八年秋复春。
亭从别后谁为主，山若有情应解语。

南山之乐北山劳，问君定是何山高。
有人心向东山去，且共相逢醉浊醪。

作者简介：李东阳（1447—1516），字宾之，明茶陵人，茶陵诗派领袖。官至华盖殿大学士，谥文正。王民望少司徒，即王俨。

◎程万里

赤亭遗址

三皇世已作名臣，当是神仙第一人。
丹炼坎离开宝鼎，身随风雨驾飙轮。
亭台架壑烟霞古，溪涧通桥草树新。
谁似张良老从学，归来明哲竟全身。

作者简介：程万里（生卒年不详），字道远，号素轩，明湖广华容太阳山（今南县浪拔湖镇太阳山村）人。天顺（1457—1464）进士，仕至户部左侍郎。

◎黎　醇

赤亭遗址

仙子遗亭在故基，湖山如旧世人非。
远随阆苑秋风去，不听潇湘夜雨归。

职佐羲轩名耿耿，年过周汉寿巍巍。
从游愿弃人间事，独羡留候早见机。

作者简介：黎醇（生卒年不详），明湖广华容人，状元。天顺（1457）进士，授修撰，成化间（1465）初充经筵讲官，升吏部侍郎工部尚书，谥文侯。

◎王之佐

洞庭春涨

霁色溶溶遍野妍，湖光无恙自连天。
荆云晓渡三川水，蜀道波通万里烟。
杨柳岸迷归艇急，桃花浪暖出鱼鲜。
洞庭分得春如许，却涌南平在水颠。

作者简介：王之佐（生卒年不详），字钧石，清辽东三韩荫生。康熙三年（1664）为安乡知县，在任十年。

◎许　湄

黄牯滩阻风

凌空舞雪浪鳞鳞，惶恐滩头寄此身。
尽日曲肱书作伴，无村沽酒甑生尘。
谁知画舫云留棹，饷得梨花香满樽。
一自烹鱼浮大白，昨宵今夜不同春。

作者简介：许湄（生卒年不详），清代文人。

◎沈其遴

新秋洪沾寺即景

频开气爽首秋天,净域森森法性渊。
山猿叠堆青欲合,水平环带白相连。
凉归高树清晨露,暑退空庭淡暮烟。
幢影翩时惊舞燕,钟飞歇后听鸣蝉。
乘风轶事当年盛,护国威灵此时传。
云外香飘来宾座,石头花坠到径筵。
长虹掩映浩波际,古木差参落照边。
信是神皋留砥柱,湖光面面共澄鲜。

作者简介:洪沾寺,即洪沾庙。遗址在今南县青树嘴中学。

◎段九成

题大同花圃

我爱洞庭六十年,君山以外又花田。
赤松亭畔随渔唱,绿柳堤前系画船。
菊酒连天留过客,香风满座醉群贤。
凭弹流水情何已,再结湖乡一段缘。

作者简介:段九成(生卒年不详),字少丹,城区(今南洲镇)人。光绪二十年(1894)优廪生岁贡出身,湖北试用府经历。回乡后任南洲小学校长,工书法。有《自厚草堂杂录》一卷。

◎程海鲲

民六送别同学罗县长彦芳雨苍去任

牛刀小试洞庭滨,百里暂权恰十旬。
无计挽留空电达,有才难展早辞陈。
新施善政造民福,共约攀辕酬吏循。
风雨同堂追往事,不堪回首饯离人。
荏苒春光百感生,依依杨柳动离情。
三年讲学金兰契,两袖清风玉镜明。
愧我无才甘息迹,知君有志请长缨。
青山也解迎送意,话别愁听鹧鸪声。

(罗彦芳,字雨苍,浏阳人,1915年任南县县长三月余。)

晚眺赤松亭(二首)

一

朔风凛冽正天塞,古寺萧森夕照残。
倦鸟归巢栖息定,幽人返影俗情阑。
神仙缥缈亭台在,烟水苍茫宇宙宽。
明哲保身终有术,早从地上悟旗檀。

二

折腰计拙赋归来,漫步同游胜境开。
古榔寄梅频指点,授书纳履费疑猜。
频忧外侮谁筹箸,永镇中流尚有台。
色相难窥空怅望,暮云深处共徘徊。

(此诗作于1935年仲冬。)

重葺赤松亭

旧地拓新基，看曲径清幽，闲云潭影日相映。
钟声来水面，叹重湖浩渺，仙去亭空江自流。

作者简介：程海鲲（生卒年不详），字焕庭，南洲城区人。湖南公立法政学校法律别科毕业。历任两湖警备司令部军法官、湖南教育会干事、南县教育会长等职。有《淡园杂抄》一卷。

◎程奎翰

咏　　樵

满山红树老烟萝，樵子穿云踏石过。
寂寂人才分洞口，丁丁响应达崇阿。
神仙潇洒观棋局，世事沧桑感斧柯。
待到一肩勤负荷，盘根错节让君多。

冬日野望

岩枯水落冻云稠，平野萧条一望收。
几处炊烟村舍晚，谁家帘影夕阳留。
危旌满眼逢衰乱，长路关心动客愁。
地老天荒何所似，飘飘浩浪一沙鸥。

作者简介：程奎翰（？—1919），字星垣，南洲城区人。原籍湖北天门人，以南洲厅道案入泮。宣统己酉（1909年）拔贡。曾任琼州中学堂签督。民国回县任南洲中学国文教员。后任澧县县长等职。回乡后以儒医济世。有《伦理讲义》一卷。

◎童悟盛

太白湖怀古

渺渺平湖似不流，绿杨枝条钓鱼舟。
仙人何处骑荒鹤，猿浦无心起白鸥。
曲里梅花江上笛，水边篱落酒家楼。
相思第一风流客，露冷青衫月似钩。

作者简介：童悟盛（生卒年不详）。太白湖：《洞庭湖志》载："东北入洞庭湖，西南会天心湖，达安乐湖入江或曰'李太白游此，'故名。"在今南县武圣宫镇境内。

◎郭式仪

留　　别（二首）

一

汗漫风尘五十年，劳劳久已望归田。
云烟过眼原如梦，薄宦抽身便是仙。
垂老却思还少药，长贫遑计买山钱。
数椽旧屋曾无恙，大好关门自在眠。

二

归兮计决不嫌迟，花笑莺啼景物滋。
试入大江浮棹去，正逢春水到门时。
国师恩重难言报，僚友情深足系思。
幸是衡阳犹有雁，索居长盼尺书驰。

作者简介：郭式仪（生卒年不详），字晓峰，南县四区裕国障（今三仙湖）人。毕业于湖南公立法政学校和广东民政厅课吏馆。曾任云南护国军总司令部上校参谋、湘军总司令参议、四川巫山县长、广东兴新县长、湖南永顺县长、湖北阳新县长等职。后回原籍，擅长诗文。有《艺余诗草》一卷今佚。

◎王　虬

退思亭

亭成署北景非凡，响彻弦歌众意诚。
有酒不妨心一醉，无诗堪笑口三缄。
云连画阁人皆雅，花落亭闲鸟自衔。
衔回忆昔贤能补，遇鲁曾筑退思岩。

大郎城谒岳忠武庙

岳公宇宙一完人，报国丹忱岂顾身。
金虏未歼心自怒，主权旁堕愤难伸。
巨奸肆妒瞒天地，三字埋冤泣鬼神。
差幸忠昭千载后，大郎城上庙如新。

作者简介：王虬（生卒年不详），字选青。退思亭，为李劲1921年任南县知事时筑于署北供公余游闲之所。

◎卜息园

感　时

春来秋去耐缠绵，花落花开断复连。
旧迹已凭潮洗尽，新生应共铁犹坚。

笑看夸父曾追日，忍见娲娘更补天。
乱世是非原未定，莫将成败论当年。

作者简介：卜息园（1901—1930），南县沙港市人，革命烈士。1930年被国民党杀害于长沙浏阳门外。

◎黄公略

南洲相会

广暴失败旗帜在，树立红军苏维埃。
旅沪武岳语弃市，乌云蔽日只暂时。
欣谈时局喜春风，柳絮飞舞庆重逢。
锦绣洞庭八百里，四江精粹在湖滨。

作者简介：黄公略（1898—1931），原名汉魂，字家杞，湖南湘乡人，随彭德怀驻南县，后移防平江，举行起义。历任红六军军长、红三军军长等职。此为1927年黄公略回南县彭德怀驻军时所作。

◎彭德怀

答 公 略

求知心切去黄埔，夜梦依依我不然。
马日事变教训大，革命必须有武装。

秋收起义在农村,失败教训是盲动。
唯有润之工农军,跃上井冈旗帜新。
我欲以之为榜样,或依湖泊或山区。
利用周磐办随校,谨慎争取两年时。

作者简介:彭德怀(1898—1974),原名得华,号石穿。湖南湘潭人,历任八路军副总司令、国防部长、副总理等职。此诗为彭德怀与黄公略在南县驻军相会后所作。

◎段德昌

悼 步 云

生死置度外,忠于苏维埃。
推翻旧社会,创造新世界。
献身共产党,始终不翻悔。
宁做断头汉,不当屈膝鬼!

作者简介:段德昌(1904—1933),号魂,清南洲厅(今南县)人。黄埔军校四期毕业,曾参加八一南昌起义,中共党员,系彭德怀的入党介绍人。曾任红六军政委、军长等职,后被夏曦诬害。解放后毛泽东为其签发了全国第一号烈士证书。步云,即洪湖著名烈士陈步云。

◎ 曾 惇

南常道上

豆萁何用自相煎，记否中原寇未歼？
两袖尚痕巫峡雨，一鞭又染洞庭烟。
挥戈射日人犹健，宿月餐风志愈坚。
遥望衡阳争战地，雄心飞渡翠微颠。

作者简介：曾惇（1919—1984），南县人，历任湖北武汉市委书记、省委常委、宣传部长，有《鳞爪集》。南常道上，从南县至常德的路上。此诗作于1939年。

◎ 杨绍曾

自题余沉集

名终君子疾无称，仆仆何堪问此生。
德莫日新熙圣学，时徒倒海慨流横。
文章艰我扬糠粃，诗事凭谁扫棘荆。
鸿偶因泥留爪印，罪知且任世讥评。

作者简介：杨绍曾（生卒年不详），南县人。有《诗稿》一卷。

◎郭金台

赤松亭怀古

疏乞江湖称辟谷，几人高会未央前。
十年帷幄功名隐，一椁秋风独自眠。
纳履缘奇圯上叟，烟波堪载洞庭船。
仙家亭是何年筑？记否当时八难篇。

洗马池怀古

陵谷沧桑世变更，我来犹忆鄂王君。
饮龙欲北摧胡胆，洗马平湖扫贼营。
南国兆危庭内诏，石头降帜汉中旌。
可怜一片南洲月，朗照遗从近古城。

作者简介：郭金台（生卒年不详）。

◎罗植乾

大同花圃

白水青山年复年，忽然一叶泛湖田。
池清洗马天如镜，亭祀赤松屋似船。
兰芷侧闻香远道，锻炉何日起名贤。
荒鸡叫破寒窗月，谁与龙泉证夙缘。

作者简介：罗植乾（生卒年不详），衡阳人，1933年任南县县长。此诗为任上所作。

◎再　春

春日登南洲碉堡偶占

湖光山色绕荒台，此日登临万象开。
古道长征鞭影急，野坟新挂哭声哀。
大罗愁见念烟树，洗马还思大将才。
极目土城空曲折，可怜黎庶泪盈腮。

作者简介：再春（生卒年不详）。南洲碉堡，遗址在今南洲镇大郎城、丁家城境内。

◎杨伯辉

游赤松亭偶题（二首）

一

亭上风光异旧年，汉家功业已如烟。
恩威枉自笼诸将，礼乐从然束众贤。
范蠡逃名因畏祸，张良辟谷岂求仙。
由来富贵常多怨，尘网宁为名利牵？

二

博浪椎秦志未酬，仰天咄咄独怀忧。
韩亡公子已无国，秦暴书生尚有头。
兵法偶从黄石受，高纵常与赤松游。
云龙风虎能相会，挟策还轻万户侯。

作者简介：杨伯辉（生卒年不详），字适园，南县人。湖南第一师范毕业。1927年考取湖南党务指导员，并任南县党部指导委员及执行委会常务。此诗作于1935年4月。

◎黄锦章

赤亭怀古

停鞍何处任闲游,城壮孤亭水上浮。
千里洞庭资砥柱,百年汉祚赖韬猷。
授书圯上人何在,进履桥边我独留。
日暮晚钟敲几度,可能惊醒睡狮否?

作者简介:黄锦章(生卒年不详)。

◎梅伯池

登绎云楼

独倚江楼看放晴,望中云物转清明。
柳阴系马俱临水,山色迎人欲上城。
妖孽几时澄海甸,儒生何处请长缨。
沧桑我有铜驼泪,洒向西风无限情。

作者简介:梅伯池(生卒年不详),字占芬,南县人。著有《南县古迹志初稿》。绎云楼,遗址在今南洲镇内。

◎黄少谷

甲辰生日小居散步

不辞为釜复为薪,半世忧时老乐贫。
漫说登山天下小,却谈开卷古人亲。
待尝横海还乡愿,犹剩余生历劫身。
信步且随云入谷,听钟喜有寺为邻。

作者简介:黄少谷(1901—1996),南县麻河口人,历任国民党中常委、司法院长等职,病逝于台湾。

◎傅熊湘

赠　人

种桃曾经避秦人,又见南洲柳色新。
霖雨定纾三月旱,风雷能动四山春。
湖天浩渺波如镜,鱼稻丰穰惠在民。
好及强年勤治绩,更传美政慰慈亲。

作者简介:傅熊湘(1882—1930),字文渠,号钝安,醴陵北乡人。曾任省参议员、湖南省通俗教育馆馆长、沅江县长等。工诗、词、文。此诗为赠南县政要蔡某四十寿辰而作。

◎陈　循

祭彭征君公

长平千古得贤孙，素行清风四海生。
闾里之欢交诏在，乡评犹见盛名存。
空山寂寞秋心铭，犹增春条夜月昏。
以日巫阳虽有此，伤心何处可招魂。
承家应不愧长平，梁木何知条已倾！
振铎久更南檄俗，忧戈犹重故乡评。
铭文读罢多含泪，哀此歌残倍惨神。
此日士林无少长，共怜云翁老先生。

作者简介：陈循（1385—1462），字德遵，号芳洲，江西泰和县澄江镇城东梁家村人，明朝著名政治家、内阁首辅。

◎朱　熹

挽彭征君公诗

易箦全归事可夸，仪型偏使后人嗟。
出门无事唯看竹，留客多情自煮茶。
和帑济贫推行义，群书教子即生涯。
只今墓草经年绿，五柳犹传处士家。
先生高节抗浮云，自是长平好子孙。
昭代勋名垂竹帛，清时风月劝禁尊。

传家谱在遗芳远,积善堂高德泽存。
赤石扳坟荒落日,为君酾酒赋招魂。

作者简介:朱熹(1130—1200)字元晦,江西婺源人,曾侨居福建,南宋哲学家、教育家。彭征君(715—790),字构云,北齐陈留王彭乐第7世孙;唐中宗时彭景直之子。

◎ 彭　泽

诗题会宗谱(节选)

木有本兮水有源,人有祖兮厥有先。
大彭氏兮祖钱铿,古今上下三千年。
盈海宇兮万同姓,胡能一一相周旋。
崇韬之拜君子耻,老泉之训世所贤。
吾子之孙当祖我,我为人后胡不然。
上有天兮下有地,敢忘遗魄论重泉。

田畴听尔自耕盘,世户听尔遗玄曾。
但须念我敦睦谊,世与寒族无间言。
岁时展祭如而祖,而祖有灵福有骈。
乾坤沧海曾有变,孰能永保无崩骞。
此心殆可天地鉴,此言特尔贞珉镌。

作者简介:彭泽(1458—1542),字济物。本籍长沙,因武官调任终居兰州。系明代彭氏族谱编修人。官至左都御史太子太保,俾学邦政,性孝友廉直,"为谗言构罢",夺官为民归家。有《幸庵行稿》十二卷。谥襄毅。

◎陈国仲

冷饭洲玉静宫抱柱联

八百里洞庭安在？叹景物全非，翻装成陇稻云黄，烟村树绿；两三间古庙犹存，幸湖山无恙，独不见平沙雁落，远浦帆归。

作者简介：陈国仲（生卒年不详），湖北人，别号少卿，任南洲厅首任通判。后此联书于1894年于明山洞庭古庙。

◎胡澍荣

南洲直隶厅

当年水草龙蛇，九派江流寻禹迹；
此日桑麻鸡犬，万家烟火乐尧封。

作者简介：胡澍荣（生卒年不详），为1882年举人，湖北补用知县，龙阳（今汉寿）人。

◎段霞五

宝塔湖宝塔联

古往今来，有几许文章入化；
天空地阔，看此间烟景无边。

作者简介：段霞五（生卒年不详），即段修禅，南县晚清文人。

◎赵明墅

扇子拐水仙庙联

水自岷山来，数千里无限恩波，神所凭依，到此作中流砥柱；
仙从天上去，亿万姓思其盛德，庙焉享祀，庶乎惠大地苍生。

赠涂县参议

神童跨白马赴九都山入五福堂商议南洲大事；
华阁画青鱼游三仙湖出四门闸飞腾北岭上空。

作者简介：赵明墅（生卒年不详）。

◎徐济时

南县十乡地名联

共和康乐，笃信和亲崇礼教；
兴仁益智，昭明仁义协安全。

作者简介：徐济时（生卒年不详），字学古，号沙萍，民国时南县人，湖南第一师范毕业，曾任南县县立师范学校校长和南县教育局局长。

◎秦傲元

重九题赤松亭

屈灵均骚泽烟沈，范文正书台莽荡，心香一瓣，我其式之。低头思故乡，落落用悭知己。同学少年皆不贱，终输却板桥步月。石径吟松，美矣哉。宇宙无穷，俯仰任鸢飞鱼跃。旷览沱江东枕，溅水西襟，沅芷南芬，澧兰北秀。泛重湖八百里，绿波如画。龙蛇窟宅，半成鸡犬桑麻。独怜彼瓦砾飘零，榔梅凋谢。蟹舍斜阳迷古渡，厌尘世沦痛气象，愿从羽客浮游。劝慰众劳人，行乐及时聊息影。

陆法和生擒侯景，岳忠武殄灭杨幺。血战几径，今安在也？题糕逢令节，茫茫望断长空。万方多难此登临，只赢得把盏向天。拔剑砍地，嘘兮乎！盈虚有数，悲欢随燕去鸿来。感怀春雨檐敲，夏云席卷，秋风槛拂，冬雪窗衔。距炎汉二千载，丹井犹存。将相勋名，孰若神仙慧业？最喜是墉垣革旧，亭阁鼎新。

虹堤碧柳泄玄机,话道家静谧根源。唤醒英雄昨梦。脱离诸浩劫,寻幽遣兴且挥毫。

作者简介:秦傲元(1862—1925),字穆清,原籍浙江,流寓南洲。1894年南洲厅开科取士考取生员第一。宣统间任劝学所总董。在中学讲授国文。1919年至1922年任县立女子学校校长,被誉为一代鸿儒,有《南洲厅乡土记》一卷。

◎谢丙焜

赤 亭 联

逝者叹如斯,问炎帝递嬗,至今已更几世;
果哉难若是,独留侯从游,到此尚有何人?

作者简介:谢丙焜(生卒年不详),籍贯耒阳,光绪三十三年(1907)任南洲厅教谕。联作于1909年9月18日。

◎李贯自

赤 亭 联

负剑重来,对故国湖山,犹记昔曾归管领;
凭栏一笑,喜新秋风月,竟教今又结因缘。

作者简介:李贯自(生卒年不详),号修梅道人。

◎何　宣

赤　亭　联

倚槛慨时艰，俯仰乾坤一刍狗；
临流访仙迹，苍茫今古此湖山。

作者简介：何宣（生卒年不详），益阳人。联作于1922年初冬。

◎叶　琪

赤　亭　联

车尘马迹，百战余生，湖上息戎机，把酒话无边风月；
将相神仙，千秋遗迹，亭前添画意，填桥接近水楼台。

作者简介：叶琪（生卒年不详）。

◎刘　硎

赤　亭　联

旧简咏前朝，从来词赋清才，都称沈约；
新亭捧今日，太息帝王绝学，独数张良。

作者简介：刘硎时（生卒年不详），为驻军旅长，宝庆人。

◎朱家缙

赤 亭 联

湖畔剩仙亭，水秀山明，四野尽涵云梦泽；
雪泥留古迹，南辕北辙，十年重领洞庭春。

大好湖山重来，甫阅十年，不胜东海扬尘感；
苍茫云水到此，如归三径，无限南窗寄傲情。

作者简介：朱家缙（生卒年不详），字怡庵，宁乡人。1922年任南县知事。任上重修赤松亭。

◎朱家绂

赤 亭 联

隙地辟新园，乐与民同，棣萼棠阴春不断；
重阳寻古迹，亭空仙去，柳丝梅实我曾来。

作者简介：朱家绂（生卒年不详），为宁乡人，系朱家缙兄弟。

◎李公望

赤 亭 联

临眺快披襟,率小队南来,留偶然鸿泥雪印;
从游甘纳履,唱大江东去,淘不尽风流人物。

作者简介:李公望(生卒年不详),为宝庆人。

◎李　劲

赤 亭 联

江上数峰青,昔人已乘黄鹤去;
海右此亭古,归休终傍赤松游。

作者简介:李劲(生卒年不详)。此联为李劲集句。

◎李希尚

赤 亭 联

看古人先忧后乐襟怀,只此小小亭台,也好写八百里洞庭湖胜概;

慨今日沧海桑田变象，为问茫茫烟水，可能寻二千年赤松子游踪。

作者简介：李希尚（生卒年不详），别号仲渔，宁乡人，1922年接朱家缙权柄任南县知事。

◎陈运南

赤 亭 联

天边荒草浑无际；河上仙翁去不回。

作者简介：陈运南（生卒年不详），系小北洲人。光绪湘闱副榜。民国初隐居县城，教授多年，曾办本邑自治及教育事宜。1916年逾五旬而卒。此为集句联。

◎陈灿廷

赤 亭 联

黄石岂空谈？看像塑孤亭，犹赢得烟波万顷；
赤松留胜迹，作江流砥柱，好管领风月千秋。

作者简介：陈灿廷（生卒年不详），原籍益阳。系南洲诗社首届副社长陈迪生之叔叔。

◎张远熙

赤 亭 联

问赤松何之，当年曾纳履授书，成就江山千古事；
看红花绝色，此处好耕烟钓月，低徊亭馆一湖秋。

作者简介：张远熙（生卒年不详），字笠琴，长沙人。时任南县税务局秘书。此联作于1935年8月。

◎张　英

赤 亭 联

睹浩渺湖光，怀故国、涂山字水；
来赤松亭畔，想当年、博浪雄椎。

作者简介：张英（生卒年不详）。

◎杨显锡

赤 亭 联

对酒高歌，湖上神仙应笑我；
凭栏晚眺，亭前花月最宜人。

作者简介：杨显锡（生卒年不详），系龙城人。

◎段师道

赤 亭 联

沧海竟桑田，听社鼓衙箫，此会已成花世界；
楼台依水面，看风帆沙鸟，何人不道古神仙。

作者简介：段师道（生卒年不详），系1897年优廪生。1903年为南洲厅廪增附生员，此联由周第敬书写。

第二辑　诗路拾玉

◎沈于之

南洲诗社成立五周年感吟

洞庭西畔树吟旗,激浊扬清共勉之。
五载骚坛萦国运,千行诗句动人思。
嘤鸣沱水缘求友,玉琢南洲赖有师。
更喜东风常泽惠,群芳争艳向晴曦。

春 雪 有 感

银光耀眼透窗纱,一夜东风万树花。
但愿世间常玉洁,官廉风正惠千家。

鹧鸪天·颂祝南县解放四十周年

四十春秋喜欲狂,南洲风貌不寻常。
红旗猎猎除陈迹,沱水滔滔谱富章。
兴教化,重农桑,文明双建起城乡。
云开日丽千家乐,协力翻番迈小康。

作者简介:沈于之,南县人,生年不详。曾为南县一中校长,南县人大常委会副主任,南洲诗社首届社长。

◎姚长龄

寻舵杆洲石台遗址

一

浩瀚无涯古洞庭，石台高筑出湖心。
年年秋水埋春草，开拓资源待后人。

二

铁环夜锁船家梦，孤庙晨敲醒客钟。
淤土叠平难觅迹，沉岩掘尽尚留坑。

（舵杆洲为南县东端于洞庭湖中新淤之洲，在南县华阁镇境内。古石台为清朝时期垒成，现仅存遗址。）

中　秋　月

照得家家尽赏心，清辉披地更宜人。
细推竟至明如许，自是居高不染尘。

作者简介：姚长龄，南县人。曾任南县人民政府副县长，南洲诗社第一届至第四届名誉社长。

◎万　迁

从茅草街到三仙湖途中

故园劫后焕然新，远处归来几十春。
梦里湖天波浪险，眼前集镇馆楼新。
沱江虽涸风情旧，南运初开福利纯。
莫道乡情胜似水，故人更比水萦心。

咏明山头大电机

庞然大物立渠头，吞吐湖心万吨流。
排却渍涝千载患，带来滋润万年秋。
人歌吃饭金边碗，港载支农幸福舟。
喜看今朝科技好，振兴四化展宏图。

凭悼南县厂窖惨案六十周年

一

湖山涕泪忆当年，侵犯中华陷故园。
厂窖血流流不去，和平呼唤雪仇冤。

二

豺狼成性鬼子兵，恶毒三光世所惊。
六十年来不认罪，试看东亚眼睁睁！

作者简介：万迁（1916—2005），南县人。原名马介云，早期赴延安参加革命，曾任中共南县县委副书记，江西省委副秘书长。对南洲诗社创办给予大力支持。著有《介云诗选》。

◎刘亚南

赞八百弓公社

一

阡陌纵横道不斜，林荫深处是人家。
乘车遍看新天地，五色田园胜彩霞。

二

居易豪情治洞庭，留芳万古简牍中。
农民三万均尧舜，水府龙宫稻麦丰。

作者简介：刘亚南，曾任中共益阳地委书记，湖南省人民政府顾问。

◎段新宇

茅草街大桥感赋

奠基
曾立鸿鹄志，巨龙跃洞庭。
愧无劈浪锏，接力有精英。

通车
澧水挂长虹，赤山绽笑容。
从前茅草地，今日露峥嵘。

作者简介：段新宇，南县人，曾任中共南县县委书记、益阳市人大副主任、益阳市政协副主席，组织编写《德昌诗苑》等文学作品。

◎陈迪生

雪中赏菊

霜凌雪压傲然开,篱下吟香学瘦梅。
月白风清歌劲节,老枝残叶唤春回。

过洞庭湖有感

烟波浩渺水连天,混沌乾坤一浑然。
不尽长江东去也,沉浮千古问渔船。

初访茅草街大桥

诗人昂首白云间,笑傲江湖势欲仙。
举手挥虹擎日月,锥金入地砥黄泉。
焊花怒溅洪涛涌,钢管混凝系杆连。
四水雄跨穿沃北,清风明月此无边。

作者简介:陈迪生,南县人。中学高级教师,曾任湖南诗词学会理事、南洲诗社社长。著有《筠笛晚韵》诗集上、下卷。

◎吴毅夫

春村即景

风和撩燕舞,柳绿弄莺鸣。
黄犊知春急,磨蹄欲试耕。

鹧鸪天·桂园咏樟

咬定黄泥拔地升,千年霜雪叶青青。相亲相近双飞燕,时送时迎万里鹰。

樟未老,桂无馨,一林风月不争春。多情最是园中鸟,总绕枝头唧唧评。

碑 魂
——厂窖惨案六十周年祭

时正清明柳色新,追风带雨祭冤魂。
硝烟洗尽仇难尽,弹洞消痕恨有痕。
泪涌波弹心滴血,歌咽野唱气吞云。
东邻今作东条梦,胸底时横百万军。

作者简介:吴毅夫(1929—2004),南县人。曾任南县人民政府助理调研员。著有诗集《心涛集》。

◎李劲武

小阑干·咏洞庭桥网

洲渚水网洞庭秋，飞雁几回头。桥横座座，丛荫路坦，点翅数车流。

出门浪打当年梦，风雨送扁舟。渡口轮船，艄公柳下，今日笑闲休。

水　杉

水畔湖杉半掩村，早莺归鹭一声声。
林荫蔽月藏悄话，连理枝牵万点情。

渔　舟

潺潺碧水绕滩尖，夕照炊烟系小船。
夜半纵然风雨急，渚洲水浅好安眠。

作者简介：李劲武（1932—2010），南县人。著有诗集《梅圃晓枝》三卷。

◎余楚怡

今日南茅运河

夹岸排杉绿满枝,飞帆卷雪欲何之?
林渠恰恰黄鹂韵,浅底翔鳞惹钓丝。

为取消农业税叫好

历来苛政猛如虎,一笔勾销撼世勋。
若是柳公今尚在,无题再写捕蛇文。

作者简介:余楚怡(1935—2011),南县人。著有诗集《斗室心声》。

◎戴赐善

银线沿着红线来

铁塔耸立万山矮,银线飞过洞庭来。
万顷波涛随人意,千里稻海浪排排。

作者简介:戴赐善,南县人,国家公务员。

◎胡梦兰

记南县防汛

电闪雷鸣雨不停,洞庭水涨泛洪峰。
惊涛拍打堤无恙,防汛英雄铁铸成。

作者简介:胡梦兰,南县人,教育工作者。

◎卞　玉

参加湘黔铁路会战

湘黔千里晓岚开,英勇民兵舞大锤。
桥隧联珠穿绝壁,悬崖采石响沉雷。
国防厂矿潜林海,战备机场护站台。
高速修成三线路,一声长啸铁龙来!

作者简介:卞玉(1928—2019),南县人。著有《卞玉诗文集》。

◎何绍连

平野花潮

春到江南万里香，桃红李白菜花黄。
最怜满目花如海，雨后长虹对斜阳。

长原稻浪

连日南风涌碧花，稻波滚滚向天涯。
参差次第蓬莱岛，原是村庄禹舜家。

金堤人涌

江枯木落雁南巡，不见堤河只见人。
千里夯歌惊日月，金堤长护万家春。

作者简介：何绍连（1941—2016），南县人。教育工作者，著有《浪吟集》。

◎胡德一

游蓬莱阁

久慕蓬莱阁，远来齐鲁游。
云涛胸际涌，海浪望中收。

疑有仙踪在，信无灵药求。
和谐新世界，处处是瀛洲。

游岳阳楼

深秋约伴上名楼，吴楚风光一望收。
白浪滔滔天外尽，青山隐隐水中浮。
无边芦荻翔云鹤，万顷桑田走铁牛。
更有稻香醇似酒，吕仙何事不长留。

再游西安

三秦风物久萦怀，枫叶流丹我又来。
墓穴兵丁依旧制，灞桥杨柳已新栽。
汤泉汩汩留温润，帝业煌煌化劫灰。
今日中华逢盛世，新城远胜汉唐规。

作者简介：胡德一，南县人，曾任南县人民政府助理调研员，诗词作品发表于相关报刊。

◎张至刚

乡村摩托

乡村摩托似穿梭，妹坐车腰紧抱哥。
的的声声情蜜蜜，进城同跳迪斯科。

农 夫 乐

农夫耕地免钱粮，补贴清单一串长。
低保而今全覆盖，甩开臂膀步康庄。

作者简介：张至刚，华容人，曾任南县人大常委会副主任，南县人民政府调研员。

◎文致中

军 号 声 声

遥忆当年一小兵，手持号角向天鸣。
悠柔慢款心神爽，激越高昂热血腾。
沧海桑田今胜昔，艰辛创业子成翁。
终生难忘冲锋曲，与队同行万里程。

人 生 感 悟

悠悠岁月顺江流，汇入溪河竞壮游。
曲折回旋披雨雪，翔腾跌宕沐春秋。
崇山激越留余韵，瀚海清宁免隐忧。
逆旅艰辛常笑对，从容漫步上层楼。

情系天星洲

淞河波涌绕芳洲，湿地风光好俊游。
沃土平川滋绿草，清幽水域泛渔舟。
蒹葭舞动千重浪，碧野招迎万里鸥。
胜境天成须护理，诗情画意永存留。

作者简介：文致中，望城人，长期在南县工作，曾任南县人民政府副县长、益阳市政协副主席，著有诗集《致中吟稿》。

◎涂光明

咏　油　菜

黄花淑女织春装，百里芳洲百里香。
撒向人间皆是爱，粉身碎骨亦何妨。

赞奥运祥云火炬诞生

祥云万朵满天飞，泰岳黄河展笑眉。
浊雾相随风雨走，红霞依伴太阳回。
熊熊圣火连欧美，猎猎旌旗接亚非。
一曲京腔传奥运，神州大地响春雷。

沁园春·洞庭飞雪

白絮纷飞，莽莽苍苍，宛若梦乡。看湖边垂柳，枝悬冷链，垄中油菜，身卧冰床。少小稚童，青春辣妹，踏雪欢歌意气昂。登高处，更寒梅怒放，素裹红妆。

银花漫舞三湘，令墨客文人竞诵扬。借楚辞唐律，传其幽雅；昆腔越调，播尔芬芳。装点人间，无私无欲，融入河山情义长。尤思念、那冰清玉洁，无限风光。

作者简介：涂光明，南县人。《南县志（1986—2004）》主编，著有诗作《水乡情韵》二集。曾为中华诗词学会会员、南县诗词家协会主席。

◎文　强

远别家山过洞庭

洞庭秋水碧连天，雁阵南翔正月圆。
壮士欲穷沧海远，乡思留恋梦中眠。
关山烽火存亡日，铁马金戈扫荡年。
此去豪情搏牛斗，但期无负祖生鞭。

吊亡妻周敦琬（二首）

一

一生平淡且无私，苦苦辛辛只自知。
十载艰辛全不顾，安危度外谱新诗。

二

细读遗书暗自豪，再娶心推患难交。
从此孤儿终有母，我妻再世建金桥。

作者简介：文强（1904—2001），望城人，全国政协文史专员。吊亡妻一共有十首，选其二首。其妻周敦琬为中共早期革命者，著名烈士。文强曾为南洲诗社名誉社长，著有《文强诗选》《文强诗词千首》。

◎杨汇泉

定风波·还乡吟

别母离家下江南，饮风食雨五十年。白首淡泊林下叟，唯有，故人故土两情牵。

千里归来亲友聚，环顾，少多不识老年颜。自报爷名呼祖父，凝目，乡音倾耳泪潸然。

重访南洲有感

当年负笈下洞庭，访旧寻踪百感生。
落泪茅房何处去？含情杨柳列队迎。
湖波息怒渔帆竞，山树载荫机器鸣。
漫道年时风雨骤，沧桑犹自日峥嵘。

作者简介：杨汇泉，山东恩县人。1949年南下至南县工作。后调至省会，曾任湖南省人民政府副省长。

◎彭佑明

人 生 小 咏

雄关漫道是逶迤,奋发光阴只自知。
如梦人生多异彩,春花秋月不同时。

水调歌头·天心湖

千里湖光渺,双桨动天心。风帆高挂,上下相映望无垠。岸畔葱葱翠黛,反衬粼粼波浪,云朵洁如银。鸟翅随空阔,胸意任情亲。

帝采铜,铸之鼎,渡仙津。谁知真假?实也虚也且谈听。吞纳百川盈盛,清浊两边分显,浩浩古同今。满目芦花白,几抹晚霞金。

梦游仙·南洲

宋田山,屹立湘北亿年间。地降低沉,伴随云梦水漫漫。平原,石头岩,河流交织网涂滩。肥洲嫩草常绿,聚落庄户少人烟。汛浪声哮,排空翻滚,砾沙冲泻回旋。纵面千里阔,茫茫淼淼,砥柱峰巅。

一片广袤无边。涛拍曲岸,沫沫白飞涎。长风吼、筏舟倾覆,物散财残,命玄玄。筑港躲避,中途息憩,揖望平安。码头庇护,叩首燃香,队队锚起航前。日月经天去,花开大地,色彩斑斓。

斩棘披荆种植,正桑麻稻菜俱齐全。鸭鸡豕犬牛羊,各游水陆,分合同家圈。挽土泥、渐渐成堤垸。开沟渠、涝旱潺潺。

五谷丰、官喜民欢。待闲暇、鼓调舞琴弦。造城修镇，欣逢盛世，画展新颜。

作者简介：彭佑明，南县人，1956年7月生，退伍军人。1974年开始在《人民日报》《诗刊》《湖南日报》等多种报刊发表各类文学作品千余件，出版有《彭佑明文集》十四卷。系中国民间文艺家协会、湖南省作家协会会员、湖南省诗词协会理事、南县诗词家协会主席。

◎孙炜剑

又到南京

少年曾作秣陵游，今又行歌上石头。
漫舞东风千载树，轻迎丽日六朝楼。
乌衣巷口叹王谢，总统庭前说莫愁。
多少枭雄春梦处，秦淮依旧月如钩。

枫　叶

绿满山冈无客赏，栖凭百鸟唱阴凉。
秋来叶落随风去，却惹诗人吟断肠。

作者简介：孙炜剑，安乡人，在南县长大并参加工作，后至新华社湖南分社工作。著有《怡闲居》诗集两卷。

◎陈一民

颂 长 江

大江浩荡万年长，历尽沧桑永放光。
一唱雄鸡天下白，千年伟业地球场。
储湖绿水鱼虾壮，织锦荒州稻谷香。
今喜神州成一统，清泉飞上翠楼乡。

思 乡

洞庭湖畔家乡景，浩渺烟波涛怒喧。
游子离家难返苦，悠悠岁月鬓霜添。

作者简介：陈一民，南县人，1935年生。曾供职于湖南省政府农村办公室。著有《逸民诗文选》。

◎徐国光

窗 前 明 月

一轮明月照窗前，游子思乡未入眠。
习字吟诗哼京剧，迎来旭日上蓝天。

作者简介：徐国光（1935—2017），南县人。国家公务员，诗词爱好者，著有《愚人诗抄》。

◎周光应

望 故 乡

洞庭腾旭日，君山映彩雯。
轻风生雪浪，晓鸟唱朝欣。
拱顶书虫二，楼中刻记文。
巴陵虽俊美，犹望故乡云。

沁园春·水

楚国风骚，汉水滔滔，大江渐嚣。待炎炎夏日，黄涛滚滚，巴山蜀水，数月难消。三峡蜿蜒，洞庭无际，水涨江堤易折腰。千秋苦，拜龙王盛会，未见降妖。

年年水患难饶，调军队雄兵抗险潮。似当时大禹，家门三过；今朝将帅，何惧辛劳。继往开来，治国兴党，代表人民利益高。修巍坝、已拦洪发电，功盖天骄。

作者简介：周光应，南县人，武汉大学副教授，曾任湖北京山县副县长。著有《德馨园诗词曲集》。

◎刘立炎

浪淘沙·观荷花

抖擞对天开，坦荡胸怀。含红吐艳露香腮。往蝶来蜂均是客，切莫相猜。

昔日是谁栽？出得泥来。料经暴雨与惊雷。碧水清风长作伴，不染尘埃。

咏　蚕

唯有朝朝暮暮心，力求千缕吐晶莹。
诚知集寸堪成锦，岂虑残躯化作尘。

粉　笔

通今博古一侏儒，玉骨冰肌拥雪肤。
宁可碎身腰不折，开人茅塞愿捐躯。

作者简介：刘立炎，南县人。湖南城市学院教授。曾任中国驻尼泊尔大使馆一等秘书。著有《沉浮集诗词百首英译》。

◎张先觉

鹧鸪天·"三农"激活

辟地开天史未闻，今朝方略惠农民。当春广洒及时雨，旷野深滋九旱村。轻赋税，补粮银，农资限阶堵坑门。层层枢纽兴农策，华夏三农沐党恩。

作者简介：张先觉，南县人，生于1940年，农民诗词作者，其作品散见于《中华诗词》《湖南诗词》等报刊，著有《憨农吟草》诗集上、下册。

◎陈本力

黄 龙 洞

走进黄龙洞，神奇冠古今。
人间天上转，似在梦中行。

天下第一陵

沮水桥山黄帝陵，屯兵八万柏将军。
金龟丹凤朝天子，虎踞龙盘护紫宸。
赤县原非荒漠地，轩辕本是华夏根。
文明科教兴邦国，历代春秋社稷魂。

作者简介：陈本力，南县人，1943年出生。曾任湖南省税务局局长，高级经济师。著有《〈诗韵新编〉多音多义字汇释》，诗词选《梦痕吟（一、二、三）集》《书法初探》等。其个人传略收入《二十一世纪人才库》。

◎刘金榜

立　春

掀帘意欲窥春迹,果见和风丽日归。
市上商家清路障,江边渔户启柴扉。
稚孙指说冬青碧,老伴争言白菜肥。
遂把盆兰稳室外,以招蜂蝶映窗帏。

端 午 吟

天问离骚屡见忧,郢都偏好楚腰柔。
堪怜守节多寒士,更叹当权几沐猴。
汨水难清君子泪,凤山不掩佞臣羞。
千年一应灵均梦,百万龙蟠撼五州。

（凤山即江陵凤凰山,楚国故都所在地。郢都被秦将白起所毁。）

知　了

知了鸣知实未知,烦心最是调高时。
成天只唱长门赋,不读民间疾苦诗。

作者简介：刘金榜,1949年生,中学教师,中华诗词学会会员。著有诗集《耕余堂小趣》《林泉拾韵》两卷。

◎罗荣哉

处　世

努力为公不好功，持家勤俭袖清风。
忠诚道德为根本，利禄功名作芥蓬。
君子之交如水淡，贤能以待似师崇。
光阴易过老将至，四福临门笑善终。

天　安　门

金顶红墙三叠楼，几多史实国人讴。
开邦庆典从斯始，立国红旗自此遒。
烈士碑前情穆穆，阅兵台下势起起。
余年也作观光客，抖擞精神喜一游。

作者简介：罗荣哉，南县人，1932年生。水利工程师，中国水利学会会员，著有诗词书法集《志恒集》。

◎李仲嘉

满江红·南洲纪实

执笔遐思，南洲地，何时潮起。回首看，宋田山上，桂花园里。经过沧桑几百年，石龙无恙依然是。小周郎英烈出其间，垂青史。

洞庭月，银河水；绿荫带，琳琅市。对大幅画图，谁不云美！五十万群居乐土，龙腾虎跃皆欢喜。赛劲头，发轫奔前途，正开始。

咏　竹

劲节虚心是我师，一枝一叶总相知。
冬风凛冽寒肌骨，却与松梅不改姿。

作者简介：李仲嘉，南县人，中学教师。南洲诗社创始人之一，首届顾问。

◎陈定国

齐天乐·建国四十周年

菊花争艳红灯炬，红旗五星欢舞。四秩呈祥，千秋祝愿，天净烟消云去。秋阳和煦。忆无数先躯，奋求民主。挖倒三山，雨花鲜血碧如许。

镰锤赤旗虎虎，兆民凭指引，劈开新路，"四化"描图，"三中"转轨，改革花妍千树。文明两注，更原则坚持，四条擎柱。反腐抨邪，看狂飚正鼓！

鸦片战争一百五十周年有感

百五十年青史游，战开鸦片恨长留。
侵华资敌刀争割，误国王朝祸不休。
马列传经挥赤帜，镰锤焕彩壮金瓯。
神州四化中兴日，十亿同心好索求。

作者简介：陈定国，南县人。中学教师，南洲诗社首届副社长兼秘书长。

◎方挽澜

元 夜

是谁撼动满天星？五彩缤纷落小城。
笑语欢歌人不寐，声声爆竹启黎明。

清平乐·退休感赋

东方刚曙，投笔从军伍。四十二年何所讽，经历风风雨雨。时光流逝匆匆，转眼便作衰翁。幸有一声瘦骨，喜余两袖清风。

作者简介：方挽澜，南县人，曾任南县文化局局长。

◎陈庆先

如梦令·红叶

回雁横空声近，蓦地枫传秋信。叶叶坠泥中，拾起怕遭踩躏。吟咏，吟咏，好遂绮窗鸳梦。

作者简介：陈庆先，南县人，南县一中教师，曾任南洲诗社副社长。

◎段心禹

浪淘沙·农村即景

遍地紫云英,飘舞东风。清香招引采花蜂。酿蜜无私千亩远,造福人民。

田野起歌声,柳浪飞莺,男男女女闹春耕。长策三中全会出,人寿年丰。

重阳抒怀

年逾花甲喜还童,珍惜时光胜似金。
愿效春蚕丝吐尽,扶鞍揽辔送征程。

作者简介:段心禹,南县人,曾任南县人大常委会副主任。

◎全良才

中秋诗会

霜从碧落泻神州,皓魄银光接翠流。
万里清辉添室雅,一轮玉镜照庭幽。
佳期盛会敲新韵,逸兴豪情满画楼。
青女素娥舒笑眼,情牵台岛度中秋。

作者简介:全良才,南县人,诗词爱好者。

◎何应昌

端午节感赋

榴红蒲绿又端阳,四海龙舟竞渡忙。
盛世歌声歌盛世,河山已改旧时装。

作者简介:何应昌,中学教师,曾任南洲诗社副社长。有诗书画集。

◎张培源

鹧鸪天·《敬老尊贤作品选》出版

春满人间处处花,当年志士献韶华。
青山曲径留芳迹,夕照余辉灿彩霞。
新学子,好郎娃,尊贤敬老玉无瑕。
优良传统凝篇幅,飞入南洲十万家。

武汉电视塔鸟瞰

江城如画辉吴楚,高塔登临豁远眸。
鹦鹉洲头楼阁耸,长江滚滚向东流。

作者简介:张培源,1940年生,桃源县人。在南县从事中学语文教学,著有《毛泽东对联讲解》《标点符号趣谈》等著作。

◎ 雍　勇

清平乐·老牛吟

不言温饱，几把陈枯草，细细咽吞滋味好，默默无闻到老。

生来眷恋农村，鞠躬尽瘁为民，何日普施机械，垄头代我耕耘？

秋　收

依稀梦里笑声飞，原是田间战鼓擂。
急步趋畴风削面，弯腰割稻露侵眉。
精耕巧种丰收乐，细打干扬颗粒归。
一唱雄鸡天见晓，朝霞万朵染心扉。

作者简介：雍勇，系南县人，教育工作者。

◎ 龙　龙

南洲村晚

长堤漫步月朦胧，遍野星星数不清。
左右笙歌传彩电，往来郎妹驭奔轮。
略有几处洋腔调，咔嚓谁家夜剪声。
柳舞水边轻若梦，风吟江上细如虫。

说　诗

古典诗词民族魂，忧时爱国颂文明。
国风雅颂篇三百，楚调歌吟曲五音。
赞美不辞声力竭，砭针无惮痼癌深。
横眉敢对千夫指，留得丹心照汗青。

作者简介：龙龙，南县人，中学教师，曾任南洲诗社常务副社长。

◎彭玉春

回　故　乡

一别湖乡数十年，天南地北影如烟。
情思千里家园绕，魂梦常游旧宋田。

作者简介：彭玉春，南县人，中国科大教授，曾任中国科大体育系主任、党支书。

◎任振华

金 桥 三 唱

一

千里沅江滚滚来，流银泻玉哺英才。
金桥一架飞南北，霞蔚云蒸百业开。

二

横空出世一金桥，七彩虹霓映碧涛。
纵有少陵千古笔，也难写尽气如潮。

三

屈原放逐吟骚体，梦得缠绵唱竹枝。
我领金桥心底乐，只缘今古不同时。

作者简介：任振华，南县诗友，生平不详。

◎郑世斌

郊游即兴

兴至郊原一杖藜，夕阳斜照小桥西。
朗吟溪畔惊归鸟，飞入芳林深处啼。

杂 兴

春光明媚柳条舒，飞舞扬花扫却无。
喜看又东湖上景，绿荷擎雨乱抛珠。
（又东湖指南县乌嘴境内西北处一小湖。）

作者简介：郑世斌，南县人，生平不详。

◎朱义中

抗灾吟（二首）

一

秋汛连天溢洞庭，湖乡沃土水淹中。
天公有眼浑不见，一任阳侯祸众生。

二

神州十亿皆尧舜，领导坚强方向明。
上下一心排万险，灾年夺得好收成。

作者简介：朱义中，南县人。曾任南县政协副主席。

◎杨中孚

湖 上 行

日丽风和水漾花，小舟同坐话桑麻。
斜撑纸伞当帆使，倒托长篙作舵拿。

金 秋 放 怀

英雄儿女集神州，时值金秋国庆游。
天上一轮圆满月，人间百族富强瓯。
中华特色中华绘，自己前途自己求。
改革功成开放就，千年大计喜从头。

作者简介：杨中孚，生平不详。

◎殷　琪

国庆有感（二首）

一

百里河山呈异彩，千年酣梦起雄姿。
中华儿女多奇志，崛起东方醒睡狮。

二

廉政惩贪举世期，四条原则国之基。
千军横扫乌烟瘴，万户高歌祝颂诗。

作者简介：殷琪，南县人。教师，著有《瓦岗军演义》。

◎肖正贵

忆胶州

胶州一别四更春，黄海涛声助我吟。
最喜茫茫青翠麦，柔情恰似洞庭风。

偶成

寓心宇内亦瀛洲，山自青苍水自流。
更有东篱堪采菊，归来一曲唱千秋。

作者简介：肖正贵，生平不详。南县诗友。

◎段明初

秋　　望

稻黄棉白正清秋，一望村南诗兴遒。
陌上斜垂疏柳绿，渠边矗立小楼稠。
远岚漫隐迎风竹，近水轻移送谷舟。
岁岁农家勤不息，丰衣足食乐无忧。

农　家　乐

曲咏农家丽句多，瓜棚果架满山坡。
金黄点翠园中橘。淡紫镶红池里荷。
稻谷新招施撒播，棉花旧法换营坨。
相逢互问收成事，雀啭蝉鸣尽赞歌。

作者简介：段明初，南县人，生平不详。

◎薛咏岚

北洋大桥竣工剪彩

一桥雄伟架沱东，跨险横空似卧龙。
路接洞庭嘲野渡，车连沅岳赞天工。
彩绸剪处春风拂，荧幕传来大道通。
从此运输催百业，南洲巨变展新容。

小 草 吟

枯荣变异年年事，贫瘠安居处处家。
壮马肥羊甘酿乳，余根化腐乐滋花。
狂飙袭卷方知劲，野火燃烧又发芽。
历雪经霜犹茁壮，伴随风雨绿天涯。

作者简介：薛咏岚，南县人。教师，南县诗词家协会会员。

◎严 浩

春 草 吟

岁岁春风取次生，肯随车马入街城。
田园阡陌疑无路，柳树池塘亦有情。
野火烧残仍勃发，雪霜过后识枯荣。
天涯壮别寻常事，不是区区管送迎。

咏 油 菜 花

村南一望绿油油，装点田园景最幽。
要为人间驱饿色，花开不上美人头。

作者简介：严浩，生平不详。

◎李绍尧

退休感怀

年轻报国系心头,掷笔从戎几十秋。
血雨腥风犹舞剑,惊涛骇浪敢登舟。
驱倭抗敌功难遂,内战输诚愿始酬。
党赐骨骸归故土,洞庭湖畔一帆收。

老牛自述

双肩已卸一身轻,蜷卧残阳百感生。
满腹苦甜常反嚼,盈眶热泪向谁倾。
人间饱暖偿心愿,世态炎凉看辱荣。
莫谓残躯无用处,仍将余力斗春耕。

作者简介：李绍尧,生平不详。

◎丁墨林

重 阳

草木声酣却胜春,诗人何苦作秋吟。
大椿挥臂虬龙瘦,老桧参天岁事深。
霜重甜柑香拂拂,天高怪竹立森森。
偎红依翠人皆醉,节到重阳满地金。

壬申元日

冬令梅花带雪妍,明窗初露草芊芊。
猴王启岁书元旦,斗柄挥东送旧年。
人语壮怀千古业,香温炮竹万家烟。
长空溢彩无边景,更激英雄奋祖鞭。

作者简介:丁墨林,南县人。教师,南洲诗社会员。

◎张慧萍

梓山春夕

淡淡青山锁玉涛,斜晖脉脉灿金桥。
悠悠画舫游人逸,袅袅风筝稚子骄。
梓树临风春更俏,杜鹃吐艳笔难描。
骋怀极目忘忧乐,笑对晴岚画意娆。

作者简介:张慧萍,女诗人,生平不详。南县诗友。

◎魏遐龄

敬赠老同志

金秋话当年,功迹在人间。
处处黄昏颂,长寿乐尧天。

作者简介:魏遐龄,南县人,1943年12月生。曾任中共南县县委书记、益阳市人民政府巡视员。

◎彭棣华

一剪梅·国庆抒怀

牛背当年短笛横，放牧湖滨，劳作湖滨。采莲挖藕负樵薪，父辈长工，我辈躬耕。

盘沙惜墨夜挑灯，勤习诗文，学写戏文。薅锄更换笔耕耘，上过省城，进过京城。

太平令·一九九二年春节

才喝过团年酒，待归来燕语柔，遍地黄花铺锦绣。桃绽蕾绿浮细柳，春节立春春意稠。刚把那灵羊送走，鞭炮声中迎金猴。喜旧岁金银满斗，看新年更上高楼。我十亿神州，昂首，风流，齐挥彩笔绘春秋。

作者简介：彭棣华，南县人，1939年7月出生。高级编剧，有《啼笑姻缘》等作品获奖。

◎冷国山

白鹤子·游南茅运河

运河长百里，异草万家春。
日月入清波，风雨田园润。
滋生虾稻米，四季淌金银。
夹岸映高楼，醉看斜阳尽。

诉衷情·嫦娥奔月

素华如练碧空幽,神话古今留。千年探秘霄汉,飞玉宇、看金秋。

航月梦,志堪酬,泪盈眸。彩桥飞渡,月里嫦娥,月下神舟。

乡村振兴感赋

画卷铺开多壮丽,中枢发力播春风。
枯杨逢雨枝芽发,窘户脱贫仓廪丰。
良策无妨看生态,纤尘未染赏芳丛。
东君又解三农事,更把蓝图巧绘红。

作者简介:冷国山,南县人,中共党员。在南县畜牧水产事务中心工作,爱好诗词,现为南县诗词家协会副主席。

◎邓莱香

赞环卫工人

沿路清除手脚忙,灰尘净处湿衣裳。
寒冬酷暑不言苦,揽尽晨曦揽月光。

鹧鸪天·湿地尝野味

好趁东风晴日长,相邀湿地览春光。
排排湖柳绽新绿,片片油花晒嫩黄。

摘野菜，忆沧桑。洲中取水酿纯浆。
一同调得家乡味，口口留情道道香。

鹧鸪天·生态稻虾第一村

坦道纵横伴小楼，桥通路阔水渠悠。
鹅浮碧水鱼摇尾，鸡隐芳林鸭探头。
河蟹壮，稻虾优。家珍野味米香柔。
农夫自有开怀笑，十里新村清气留。

作者简介：邓菜香，南县人。1962年7月出生，诗词爱好者，兼修国画。现任南县诗词家协会理事。

◎蒋兰英

纳　凉

三伏初秋晚纳凉，房门木凳凑成床。
妈妈蒲扇恩情重，姥姥银河话语长。
侧耳倾心听故事，躬身逐亮扑萤光。
露天夜夜流星远，儿女童年梦里香。

江城子·怀念党的好女儿周铁忠

八方来客聚南洲，思悠悠，念悠悠。红色传承，怎不敬风流。真理寻求跟党走，怀大志，展宏猷。

当年往事记心头。意悠悠，恨悠悠。转战沙场，斗敌几遭囚。受尽严刑何所惧，真铁骨，颂千秋。

临江仙·游三仙湖水库

胜日邀朋寻绝景，藕池东段河洲。碧波荡漾醉双眸。群鱼逐浪，白鹭舞悠悠。

两岸画楼融笑语，田园绮梦无忧。四时灌溉引清流，饮思柔液，伟业话情稠。

作者简介：蒋兰英，南县人。1956年12月出生，若兰为笔名。现为南县诗词家协会理事，在网络和杂志上发表过多篇诗词作品。

◎苏山云

春 雨

骤雨哗哗，声无际涯。
梨园玉蕊，洗尽尘沙。

台风登陆

大气旋流海上蒸蒸起，奔波激越兼收势与能。
登临固岸长堤凭怒打，别过汪洋旷陆任狂凌。
荡涤凡尘骇雨倾盆作，祛除俗气惊风卷地兴。
人间一片清新和润泽，造化从来会把福因承。

西湖月·德昌公园夏晓

东山小月弯弯，照左右平湖，玉波如屑。惜缘桥上，荷薰暗逸，梵香微发。忖朦胧岸线，近水处，鸳鸯成对歌。看影动，夙起游人，次第沐风开跋。

忽闻几处亭台，有雅唱清圆，俊吟高越。鸟歌烟树，蛙言坎草，满园蓬勃。晨曦相应亮，映万物，风光犹幕揭。料今日，一望晴空，地天相悦。

作者简介：苏山云，出生于株洲，成长于南县。南县诗词家协会理事，《南洲诗词》编委。

◎陈庆先

水调歌头·长沙

忧乐有穷尽，人世一南柯。有缘拜谒圣地，追念众英模。岳麓山中寻古，爱晚亭前漫步，崇敬自心窝。烈日踏长岛，傍晚听渔歌。

云麓翠，湘江碧，楚才多。为民为国慷慨，英烈谱长歌。本是钟灵毓秀，更看今朝景物，绚丽满山河。自主浮沉事，公论定风波。

作者简介：陈庆先，福建人，《南洲诗词》诗友。余不详。

◎葛　谦

三　峡（三首）

一

船临奉节进瞿塘，人到瞿塘入画廊。
峭壁风箱狂鼓浪，高山白帝猛焚香。
丹青泼洒双边岸，烟雾佻撩一线江。
滟滪不知何处往？艨艟信步好寻常。

二

瞿塘过后仰巫山，十二仙峰竞比攀。
彼挤我推相出击，左冲右荡互掀澜。
云云雨雨重重雾，迭迭层层道道弯。
神女痴情朝夕望，风流扬子不回还。

三

巫山穿过下巴东，伟岸西陵令尔惊。
仰望须防毡帽落，轻摸犹怕指纹沉。
似描似绘谁调色，如凿如雕孰弄斤？
行道此间贪驻足，九歌未了出夔门。

作者简介：葛谦，南县人，南县一中语文教师，南洲诗社会员。

◎王兆霖

春　雪

红炉灰冷酒频加，窗外寒鸦不见家。
似听春声声已近，天飞柳絮忽为花。

草

寂寞篱边夜宿萤，踏残千遍复亭亭。
虽无富贵骄颜色，却染天涯一派青。

作者简介：王兆霖，长沙人，《南洲诗词》诗友。余不详。

◎黄　明

浪淘沙·抗击"非典"

"非典"纵为殃，何惧何慌，白衣救死又扶伤，天职履行医德美，青史流芳。

党政措施良，部署周详，群防群治信心强，爱国卫生齐启动，确保安康。

作者简介：黄明，南县人，南县诗词家协会会员。

◎曾雨畴

鹧鸪天·斥日本修改教科书否定侵华罪行

铁证如山罪孽彰,侵华翻案太荒唐。南京屠杀前无例,厂窖横行罕有狂。

追往事、未能忘:民康国富更军强。教材史实防修改,捍卫和平万古长。

作者简介:曾雨畴,益阳人,南洲诗社诗友。余不详。

◎曾资父

控拆日军杀害厂窖同胞的罪行(二首)

一

芦沟桥畔起枪声,犯我中原战祸生。
黩武空劳侵略策,穷兵自筑受降城。
国仇家恨三千丈,义旅人民百万兵。
五十年来留血债,邦交恢复为和平。

二

孤军万里几人归,东亚荣圈淆是非。
厂窖尸填湖水赤,南京月冷夜魂飞。
野心吞并终何用,天理昭彰不可违。
除去投降无出路,九州依旧沐春晖。

作者简介:曾资父,益阳人,南县诗词家协会会员。

◎周若山

咏 风 筝

欲学鹏程万里舒，全然不量自家躯。
翱翔岂敢经风雨，轻薄当知是纸糊。
有绊安能穷碧落，无毛何以上天衢。
难同燕雀为行伍，怎可鸿飞展大图。

作者简介：周若山，华容人，《南洲诗词》诗友。余不详。

◎伏荣辉

咏 梨 花

层层叠叠白如银，蝶驶蜂回戏水滨。
不是春风湖岸绿，猜疑寒雪未消泯。

咏 桤 子

剔透玲珑一树花，银堆玉砌展奇葩。
平生不为争春色，留得清香郁万家。

作者简介：伏荣辉，南县人，南县诗词家协会会员。

◎陈播雷

满庭芳·访生态庭院户

耸立红楼,沟环四水,橘林桃果清幽。采莲人尽,春色仍长留。鱼跃荷塘骇鸭,大棚里,四季春秋,垂杨下,渔娃钓叟,寻梦在南洲。

优悠,重九节,高朋满座,宾主风流,赞嗟美沼池,满酌轻讴。纵有高楼大厦,终不似菊短篱稠。情归处,庭园生态,免去子孙忧。

作者简介:陈播雷,南县人,曾任南县能源办主任,南县诗词家协会会员。

◎段心梅

怀念段德昌将军

九都山上起飞鸿,烽火狼烟乱天空。
设帐簧宫培勇士,运筹帷幄展雄风。
挥麾沱水连湘北,转战洪湖启鄂东。
可恨狂飚摧劲翮,丰碑闪烁矗高峰。

作者简介:段心梅,南县人,南县诗词家协会会员。

◎熊耀才

西江月·怀念

喜见神州巨变，情钟长辈元戎。彤彤旭日照中空，哪惧云遮雾重？！

千古风流谁属？文才武略丰功。高扬马列战旗红，确保江山恒统。

作者简介：熊耀才，益阳人，曾任《南县报》主编，益阳行署办公室主任。

◎张学文

春　　柳

迎风拂岸万千条，絮雪迷离入梦撩。
染得青丝才二月，吹来红雨已三朝。
游移倩影东西渡，掩映春痕上下桥。
柳眼摇金人不觉，轻车健马雨潇潇。

作者简介：张学文，华容人，《南洲诗词》诗友。余不详。

◎金伯喜

春　泥

秋叶沙沙卷玉珍，飘飘零落去寻根。
殉情只为肥芳土，夙愿需求化腐尘。
大气回春泥正暖，小芽又绿色初新。
生生息息无穷已，觅觅寻寻往复循。

作者简介：金伯喜，南县人，曾任南县财政局局长，县诗词家协会会员。

◎彭百钧

临江仙·农家美

屋后苍松烟柏。门前渠水欢奔。园中瓜果尽丰珍。百花争俏艳，群鸟唱芳晨。

楼阁林荫辉映，参差精巧琼琳。华堂几案洁无尘。清新环境美，雅静在农村。

作者简介：彭百钧，南县人，《南洲诗词》诗友。余不详。

◎欧阳剑光

偶　　感（三首）

一
瓜臃沉沉坠，蟹肥细细烹。
谁知霜后柳，无叶一身轻。

二
江阔千帆过，峰迥梳乱云。
夕阳怜暮霭，满地洒黄金。

三
试问天边月，为谁时缺圆？
若能无朔晦，亦照那人还。

作者简介：欧阳剑光，南县人，教育工作者，南县诗词家协会会员。

◎葛　颂

忆《岳阳楼记》有感

洞庭天下岳阳楼，楼内名篇照九州。
后乐人间欢与乐，先忧世道苦和忧。
扪心敢问英雄志，俯首甘为孺子牛。
眺远居高观壮景，犹须更上一层楼。

一剪梅·榕树赞

榕树雄姿奇特功,枝挂垂须,及地根生。须根枝干巧交融,情也浓浓,景也浓浓。

善待同仁当学榕,笑纳千夫,和睦谦恭。得容人处且相容,我也宽宏,你也宽宏。

作者简介:葛颂,南县人,南县诗词家协会会员。

◎高怀柱

春日山中

春早走山间,花繁景万般。
峰头云静静,林表鸟关关。
岸柳丝千缕,渔舟水一湾。
笛声吹起处,牵犊牧童还。

作者简介:高怀柱,山东人,南县诗词家协会会员。

◎李祖培

燕　归

尔来不是为游春，一表丹忱晤故人。
归徙定期称侯鸟，呢喃信语胜韶音。
离乡固有思乡意，访旧何无恋旧心。
梁正故巢迎远客，喜凭香酿话寒温。

作者简介：李祖培，华容人，《南洲诗词》诗友。余不详。

◎秦松林

雪梅香·洞庭渔村

水乡进，华池栉比洞庭滨。望青山横黛，长空一派清新。镜里琼楼印佳影，雾中娃队跃芳芬。楚天阔，万里河山，千里银鳞。

波匀，鹭鸥点，荡漾轻舟，醉爽渔民。旦伴星辰，夕归日落黄昏。巧用高科富家国，妙旋新枝绣乾坤。渔村美老少相依，同享天伦。

作者简介：秦松林，华容人，《南洲诗词》诗友。余不详。

◎严蒲英

赏　荷

家住莲田景最幽，前塘月色耐凝眸。
只因丽质风多妒，虽有清香蝶不偷。
露洒明珠莹翠盖，风吹细雨润身头。
花房粉褪怜伊瘦，玉貌红消香子收。

作者简介：严蒲英，福建人，《南洲诗词》诗友。余不详。

◎胡重威

湖乡小雪放晴

小雪欣逢朗朗晴，五湖稼穑显繁荣。
橙橙橘柚迎天艳，皓皓棉花铺地银。
豆麦荞麻郊野绿，牛羊鸡鸭阖乡盈。
更讴农户秋收满，免赋悠然致富民。

作者简介：胡重威，南县人，《南洲诗词》诗友。余不详。

◎陈月华

游张家界神童湾

翻山越岭至峰巅,驾雾腾云一线牵。
飞瀑悬空开百尺,奇松接日断长天。
飞车俯瞰仙山境,小椁遨游玉洞连。
只有神童湾奥秘,何年揭晓世人前。

作者简介：陈月华,南县人,南县诗词家协会会员。

◎洪　英

解语花·拟仙居

盈盈雾漫,桂影婆娑,樟庇楠荫屋。翠茵如褥,清幽径,壁子鹅黄皤朴,窗璃蓝瀑。赭波瓦,被鳞舟覆。螭榭连,上下回廊,后院厅厨穆。

栀子醉人馥郁,更石榴挽客,梧桐云矗,娇娆雷竹；芭蕉滴,晨起闻鸣浴旭；临佳幅幅,餐秀色,吮霖露沐。吾予谋,世外仙居,这榻之卿酷。

作者简介：洪英,南县人,南县诗词家协会会员。

◎李化雨

垂 钓 歌

晨钓

凉月如眉挂柳梢,轻车一路钓西郊。
清风扑面心尘洗,醉把银鳞网内抄。

午钓

把竿临风日未西,如流黑汗湿青衣。
鱼儿饿食频频上,我自浑忘腹内饥。

晚钓

竟日垂纶兴未赊,寻师问技到天涯。
闪光渔具新求得,傍晚观漂眼不花。

作者简介:李化雨,南县人,教育工作者,南县诗词家协会会员。

◎罗耀东

采桑子·回乡

家乡艳景湖光美,碧水清风,绿叶葱茏,映日荷花别样红。
清香扑鼻精神爽,采摘芙蓉,又剥莲蓬,白发亲朋笑语中。

作者简介:罗耀东,南县人,《南洲诗词》诗友。余不详。

◎冯祯祥

南乡子·春雨

润物细纷纷，玉帐银帘锦缎裙。饮似醍醐春似蜜，欢欣，雨顺风调泽万民。

万顷碧如茵，淅沥轻声洗净尘。棵棵春苗生笑靥，芳芬，李白桃红映翠筠。

乡村秋夜

流萤舞动彩星灯，村妇乘凉满座惊。
月里嫦娥来窃听，欢声笑语比收成。

作者简介：冯祯祥，南县人，南县诗词家协会会员。

◎彭　政

西江月·抗冰雪灾害

岁末雪冰冷冻，务工游子归期。飞车受阻步难移，危难饥寒告急。

党政军民献爱，抗灾救助心齐。送茶送饭送棉衣，情暖江南大地。

作者简介：彭政，南县人，南县诗词家协会会员。

◎刘罗生

钓春趣吟

花甲湖边绿柳垂，蓝天碧水鲤鱼肥。
几翁垂钓凝神立，不戴落霞不拟归。

作者简介：刘罗生，南县人，南县诗词家协会会员。

◎谷世刚

临江仙·春杏

绰约瑶姿欢赏，临风秀染潇湘。霓裳舞动梦飞扬。萌芽料峭冷，酥雨润枝昂。

苞蕴几分芳意，桃前誓比清香。烟村十里醉疏狂。争如依野径，浅笑展春妆。

作者简介：谷世刚，山东人，《南洲诗词》诗友。余不详。

◎潘文彬

望海潮·回南洲

云桥三渡，神怡心往，疏河百里芳华。兴盛市街，嫣红姹紫，两厢栉比商家。沱水走天涯。特产销四海，盛产棉麻。鱼米之乡，接天楼宇比豪奢。

浮屠点缀金沙。有游园桂子，绿水荷花。往日宋田，风云变幻，曾罹倭寇披枷。县志可寻查。段德昌故里，彭总戎靴。墨客骚人不乏，诗词赋奇葩。

作者简介：潘文彬，常德人，《南洲诗词》诗友。余不详。

◎廖巨源

离休廿载感赋

荣获离休未请休，俸钱无缺党恩稠。
笔耕砚种频增盖，体泰心清不羡侯。
"诗话"累篇酬盛世，文章有价傲轻鸥。
童心不觉黄昏近，常挟青山秀水游。

作者简介：廖巨源，安化人，《南洲诗词》诗友。余不详。

◎毛应汉

洞庭大桥

喜看长虹跨洞庭,千年梦幻一时成。
三湘四水连天路,从此湖乡渐日荣。

乡村公路

乡情牵我把家还,往返驱车不觉难。
公路村村如网织,今来不识旧乡关。

作者简介:毛应汉,南县人,南县诗词家协会会员。

◎碧玉箫

佳 节

佳节来临喜气融,手机短讯送春风。
天南地北人千里,酿得诗情似酒浓。

幼儿园采风

天真活泼小灵通,叶正鲜妍花正红。
甜蜜童年浑似觉,笑声争入相机中。

作者简介:碧玉箫,湘乡人,《南洲诗词》诗友。余不详。

◎刘明汉

《南洲诗词》礼赞（二首）

一

不谋高就不谋财，自备盘缠自搭台。
墨客文人抒雅兴，歌喉一展唱和谐。

二

挥鞭奋进老黄牛，精益求精赶上游。
诗友词家联四海，奇葩朵朵绽南洲。

作者简介：刘明汉，南县人，1944年9月出生，医生，享受国务院特殊津贴专家。

◎杨凤仙

茅草街漫兴

百里沱江欲尽头，下车举目立芳洲。
长虹如带湖山景，淞澧源长日夜流。

作者简介：杨凤仙，南县诗词家协会会员。

◎潘之美

歌妹挑战

青山绿水蔚蓝天，妹在经商哥种田。
唱个歌儿挑个战，看谁模范竞当先。

作者简介：潘之美，南县人，南县诗词家协会会员、中国作家协会会员、中国民间文艺家协会会员、湖南省民协授其"洞庭歌王"称号。有民歌集8卷公开发行。

◎许东华

鹧鸪天·柳

直插横栽总绿装，狂风暴雨又何妨。立身从不挑贫富，涉世无须论短长。

春发叶，夏生凉，冰天雪地自昂扬。胸怀坦荡云天外，确信风流靠自强。

念奴娇·咏南洲广场

天高地广，看花丛锦绣，绿茵金萼。曲径边缘身健器，亮丽霓虹光灼。南靠一中，北临县府，两侧商家络。翠珠红玉，竞相风采闪烁。

鉴赏万籁升平，物华天宝，曼舞清歌乐。游客匆匆流不尽，笑语萦回亭阁。盛景抒怀，高谈阔论，畅述英雄搏，南洲兴盛，紫霄仙境飘落。

作者简介：许东华，南县人，南县诗词家协会会员。

◎徐应斌

游德昌公园

满目清幽景色妍，奇花异草蝶翩翩。
亭边菡萏潺潺水，绿柳丛中笑语甜。

鹧鸪天·花甲湖变迁

花甲湖村路已迷，貌新难以辨东西。平湖游艇风驰疾，玉宇琼楼分外奇。

莺恰恰，柳依依。林深饶有凤凰栖，霓红照得周天彻，巨变皆因举赤旗。

作者简介：徐应斌，南县人，南县诗词家协会会员。

◎唐乐之

题三宝祠

帆借东溟月，舟飞北海鲲。
纵横八万里，寻觅郑和魂。

过乌江亭

万里鸿沟盈血泪，八千子弟尽虫沙。
拔山难拔苍生苦，暂许山河属汉家。

游井冈山

久仰黄洋界，春风到井冈。
山花凝碧血，弹洞记沧桑。
红米秧分垅，南瓜蔓上墙。
英雄留胜迹，百代有辉光。

作者简介：唐乐之，南县人，曾任南县政协秘书长、南洲诗社副社长。

◎李守其

菩萨蛮·春媚（二首）

一

神州喜庆康平世，丰年雪舞江山丽。祝福沁心扉，笙歌萦宇飞。

深山扬虎啸，碧野歌声俏。改革遂东风，高楼摩太空。

二

赤橙黄绿青蓝紫，春姑作意描新圃。葱绿饰山丘，红花诗韵悠。

风和鸢影绰，动地人歌和。醉入故乡情，黄鹂三两声。

作者简介：李守其，南县人，教育工作者，南县诗词家协会会员。

◎马子惠

菜场巡礼（三首）

一

熙熙攘攘闹声喧，一日之晨此处先。
拣瘦挑肥争购物，小康共享乐无边。

二

各类店摊忙早市，丰盈商品好而全。
干鲜荤素任人选，服务热情展笑颜。

三

民生改善多层面，请君先看桌中肴。
花样频翻烹饪美，家家菜谱有新招。

作者简介：马子惠，南县人，曾任南县人民政府调研员。

◎曾明艳

咏兰小语

涧石清溪畔，幽兰立晓寒。
秋霜春露待，敛放总悠然。

山茶雪里红

琼玉枝头缀，江天雪野寒。
芳菲全谢后，茶面却暄妍。

江南秋兴

风轻云淡沐高阳，万木纷纷换彩裳。
枣脆橘甜甘蔗熟，蟹黄莲白辣油香。
江南处处风光秀，桂月村村收获忙。
若寄潇湘归北去，还曾梦里忆吾乡。

作者简介：曾明艳，南县人，南县一中高级教师，南县诗词家协会会员。

◎沈家树

晨

金鸡报晓又伸头，过隙白驹似电流。
抢秒争分抓季节，育林植树满河洲。

作者简介：沈家树，南县人，南县诗词家协会会员。

◎涂世辉

忆赤松亭

故友相逢忆旧年，留侯归隐水云间。
随师悟道赤沙水，青史悠悠美话传。

赤松亭洞庭宫

日落洞庭水面红，清流深处见龙宫。
我邀帝子民间会，数尽人寰佞与忠。

作者简介：涂世辉，南县人，南县诗词家协会会员。有《回望南洲》文集印行。

◎万迪祥

永遇乐·南洲掠影

胜日临风，南洲沃野，阡陌杉柳。网路林楼，车流物阜，尽把风流抖。千重稻浪，四乡棉色，鱼鳖蟹虾皆有。好环境，高梧引凤，物华天宝丰厚。

池边洗马，德昌瞻像，留得忠魂长守。宝塔湖新，大郎城富，化作诗和酒。勤劳智慧，改天换地，百里运河吞吐。小康路，高歌猛进，挺胸挽手。

作者简介：万迪祥，南县人，南县诗词家协会会员。

◎陈在时

鹊桥仙·钓鱼去

金鸡唱晓，东曦吐曙，早起钓翁行路。钓鱼多少懒思量，但享受欢娱无数。

俗夫刨利，庸人钓誉，难免因贪惹恶。一朝觉醒看吾侪，便自悔当初不悟。

作者简介：陈在时，南县人，南县诗词家协会会员。

◎李政芳

桃　花

早趁春风发嫩苞，欣然却是武陵苗。
斜阳古道无垠际，红树英姿醉兴饶。
崔护当年空顾影，刘郎前度枉徒劳。
花开锦浪如霞彩，羡煞唐寅一代豪。

荷　花

清容出浴洁平湖，惹得周公结草庐。
为爱丰姿心坦荡，亦因慧质性灵殊。
如盘绿叶浮烟水，似笔红苞浥露珠。
翠盖遮阳鱼戏乐，亭亭玉立美芙蕖。

作者简介：李政芳，南县人，南县诗词家协会会员。

◎刘泽群

西江月·清明游德昌公园

残萼梅中纷落,翠微柳上频添。
清明难得艳阳天,更是春光一片。
烈士像前花灿,英雄坟上幡鲜。
游人止步皆肃然,且为忠魂祭奠。

作者简介:刘泽群,南县人,南县诗词家协会会员。

◎陈云祥

观赏南茅运河

河堤薄雾绕杨林,着意南洲锦绣春。
岸柳阴凉舒爽爽,珠虾嬉戏水粼粼。
乡村建设田园画,市镇繁荣店铺匀。
璀璨明珠湘北耀,大江南北美名闻。

作者简介:陈云祥,南县人,《南洲诗词》诗友。曾任南洲诗社理事。

◎罗建伟

话说南茅运河

人造运河百里长，名传遐迩创辉煌。
北通扬子连三峡，南往洞庭接大洋。
水碧艟船航动脉，禽欢岸柳咏新妆。
河如腹地长联纸，好写南洲万世昌。

作者简介：罗建伟，南县人，南县诗词家协会会员。

◎孟蓉蓉

喜侃重阳

几度夕阳几度红，沧桑总伴一生中。
腊梅踏雪多潇洒，金菊吟诗也动容。
寒岁虽添双鬓白，狼毫无愧十年功。
登高望远霞归处，九九金秋久久丰。

作者简介：孟蓉蓉，南县人，南县诗词家协会会员。

◎肖艳玲

赞德昌公园文化廊

最爱公园文化廊,湖乡今又亮新妆。
吟诗赏画乾坤大,慕德怀英日月长。
即与山河争浩气,又和市貌竞荣光。
一流文化风光带,英烈功勋永不忘。

作者简介:肖艳玲,南县人,建筑设计工程师,南县诗词家协会会员。

◎肖　跃

上西樵山

南国西樵景色妍,欣沿索道步云天。
隆冬犹见春光好,绿树红花碧水间。

龙涎瀑书怀

龙涎千尺转清流,一泻平川豁远眸。
涤去吾心愁一片,苍山含笑白云悠。

登黄鹤楼

江城极目尽高楼，不见萋萋鹦鹉洲。
浊浪滔滔东逝去，白云不再使人愁。

赤松亭

长江滚滚流，逝水话春秋。
赤松残亭在，不见张留侯。
萧城天下事，此地复国仇。
洞庭烽火烈，风云载南洲。

湖滨春早

湖滨三月好春光，杨柳丝丝着绿装。
一水盈盈滋万物，和风拂面沐清香。

作者简介：肖跃，字智岳，华容人，南县文联副主席。

◎刘淑娥

翠竹

百尺竿头欲接天，遮阳送爽翠怡然。
疾风骤雨性无改，面竹吟今涌万千。

寒　梅

百卉凋零独占魁，青松翠竹总相陪。
斗霜傲雪迎宾笑，疏影横斜香自回。

作者简介：刘淑娥，南县人，南县诗词家协会会员。

◎包显扬

咏　身　影

无名无姓又无言，相伴相随到九泉。
晨练向阳跟我后，晚吟背月待吾前。
观花度度同花苑，策马回回共马鞭。
最是老夫情动处，亡妻侍酒梦中缘。

作者简介：包显扬，南县人，《南洲诗词》诗友。余不详。

◎赵石麟

临江仙·庭院之歌

庭院悠悠气爽，四时芳草青青。向阳花木意峥嵘。群山铺翠绿，百鸟乐争鸣。

楼阁层林掩映，河塘月白风清。健身场上乐盈盈。文明区新建，处处亮华灯。

临江仙·古树进城

长在深山人未识，一朝身价频增。离乡别井进都城。青春重焕发，风采与时升。

万紫千红添秀色，经霜傲雪常青。文明大厦孕清风。四时枝叶茂，翠绿衬琼瑛。

作者简介：赵石麟，岳阳人，《南洲诗词》诗友。余不详。

◎赵锦文

咏蒲松龄

莫笑先生潦倒时，聊斋一卷写狐皮。
篇开子夜啼三鬼，影伴青灯听晓鸡。
苦雨寒棚搜狸梦，凄风得笔刺贪黑。
常生百感为民事，人仰柳泉天下知。

作者简介：赵锦文，华容人，《南洲诗词》诗友。余不详。

◎胡　坚

含羞草

小草亦何忧，常惭叶自收。
人无廉与耻，应对草含羞。

防浪柳

垂丝千万条，堤岸挡惊涛。
绿色长城在，洪魔枉自嚎。

路边草

芊芊途畔草，雨露绿成茵。
不计荣枯事，芳心报早春。

作者简介：胡坚，益阳人，《南洲诗词》诗友。余不详。

◎胡九龄

颂小康之家

鱼米之乡名未虚，池塘鲤跃满栏猪。
粮棉高产丰收乐，鸡鸭成群富有余。

别墅连云惊上阙,成林垂柳护新居。
园蔬绿色时鲜菜,相比农家我不如。

赏 月

客来寒舍月当头,赏月联吟诗兴悠。
饮口杜康吞口月,不知诗月几时休。

作者简介:胡九龄,南县人,南县诗词家协会会员,原集贤诗社顾问。

◎欧阳浩

南洲新貌(二首)

一

飞檐画栋涌南洲,盛似苏杭六代秋。
十里长街新貌展,东西南北总通幽。

二

似此风光可绝伦,四时花放四时春。
满街红绿行如织,疑是嫦娥结伴巡。

作者简介:欧阳浩,南县人,南县诗词家协会会员。

◎姚笃行

过洞庭湖大桥

波涛汹涌鬼神号,此日拦腰建大桥。
一道长虹通鄂渚,千秋伟业壮巴郊。
君山滴翠连天碧,古阁生辉映日娇。
喜见名湖添秀色,洞庭飞渡醉醇醪。

作者简介:姚笃行,湘潭人,《南洲诗词》诗友。余不详。

◎姚佩祥

陪客游南洲镇感吟(二首)

一

问客为何小镇游,比邻云梦韵同求。
三河滚滚来巫峡,一路滔滔下岳州。

二

洗马湖边人落拓,宋田山麓景清幽。
更登宝塔开生面,旖旎风光四望收。

满庭芳·悠悠

日丽风和，清新一片，小园百卉争晖。丛丛香草，郁郁护芳菲。谁任游丝缕缕，竟缠上，幽院门楣。凭栏处，观花翁媪，正色舞眉飞。

唯唯。明物性，无须探究，是是非非。养生责悠悠，自在清微。学得高人雅兴，从闹里，潇洒而归。持方铲，提壶喷水，忘夏去春回。

作者简介：姚佩祥，南县人，曾任中共南县县委副书记。热忱诗词创作，著有《憨室雕虫》诗集二卷。

◎夏俊清

故　　园（三首）

一

梦断雁行十二年，故园寒暑不新鲜。
半生流水影犹在，一线清波一黯然。

二

楼上清波何处来，悠悠不尽老门开。
风吹桃树年年艳，不倦佳人舞旧台。

三

声消柳树月光前，语没寒潭碧水边。
黄叶飞波魂带雨，彩裙无复卷长帘。

作者简介：夏俊清，南县人，国家公务员，曾任南县作家协会副主席。

◎游克卿

西江月·咏莲

月夜吟霜带露,清晨沐浴朝阳。
风随暑气送幽香,玉立亭亭开放。
倩影凌波荡漾,花红涌浪飞扬。
天生娇艳淡红妆,虽出污泥洁朗。

滨湖秋色

蒙蒙秋夜雾穿梭,早见渔舟晚听歌。
浩瀚洞庭赊月色,水乡嵌入万千河。

作者简介:游克卿,南县人,南县诗词家协会理事,湖南诗词协会会员。

◎戴修辅

还乡省亲

万里情牵甘犯险,擎传噩耗梦魂频。
双亲不待荆妻殒,风木含悲罪一身。

三度还乡探亲

丽天红日光璀璨，游子还乡共举杯。
但愿春融花似锦，闻香彩蝶竟归来。

作者简介：戴修辅，祖居南县的台湾同胞，生平不详。

◎柳伯屏

读《登鹳雀楼》后

远瞩高瞻仰哲人，风光万里逐楼登。
江山兴废随流水，日月光华涤劫尘。
九曲黄河滋沃土，五千历史育文明。
而今赤县尧歌盛，屹立东方更向荣。

作者简介：柳伯屏，长沙人，《南洲诗词》诗友。余不详。

◎段春作

春游碧云峰

飞花时节醉黄昏，情系青山访碧云。
远听钟鸣喧古寺，近闻燕语闹芳村。

殿堂金圣年依旧,峭壁奇峰日更新。
俯仰资江山水绿,烟波遥接洞庭春。

退　休

花甲归田休褪色,胸怀冷暖忠贞节。
和平发展是航程,播雨耕云情激越。

作者简介:段春作,南县人,气象科技工作者。曾任益阳地区气象局局长。

◎段心浓

桃花源抒怀

梦里桃源今到之,花红灼灼荫娇姿。
杜鹃啼罢灵空静,黄鸟歌中雅趣滋。
秦洞如斯人共叹,新村应责我来迟。
当今不是嬴时代,乐享安居富入诗。

作者简介:段心浓,南县人,南县诗词家协会会员。

◎吴正谷

香港回归颂

九龙驱瘴雾,南国现长虹。
七一零时正,五星旗帜升。
明珠重放彩,母子得重逢。
奇耻今朝雪,荆花灿万春。

游德昌公园

信步德昌园地游,登高俯首望南洲。
岳王洗马名池在,段将贻芳石碣留。
湘鄂边城商贾盛,长河岸柳翠阴稠。
塔峰造极流云处,门市风光眼底收。

作者简介:吴正谷,南县人,南县诗词家协会会员。

◎林从龙

访普救寺

解危百马为谁忙,神佛无言坐满堂。
唯有红娘羞解意,暗牵情线到西厢。

读《大风歌》

衣锦高歌返故乡，当年亭长气飞扬。
萧樊囚絷韩彭配，更仗何人守四方。

登鹳雀楼

白日升沉周复始，黄河滚滚古今流。
一从高士题诗后，千载名传鹳雀楼。

作者简介：林从龙，宁乡人，1928年出生，1949年参加中国人民解放军，1958年转业。历任河南文史研究馆馆员、河南诗词协会会长、中华诗词学会顾问。

◎郑文兵

奋泼丹青壮大千

风雨如磐赤县天，祛封脱殖颂明贤。
南湖舫上筹匡策，赣水城头举义鞭。
洒血捐驱征腐恶，伏波斩浪振华荃。
江山如画锤镰笔，奋泼丹青壮大千。

作者简介：郑文兵，安徽人，《南洲诗词》诗友。余不详。

◎周北辰

高考阅卷二十年祭

遴才判卷二十年，履薄临渊苦亦甜。
妙句欣逢常击节，奇文喜遇史无前。
千斤寸管徐徐起，一片丹心紧紧连。
俊彦乘龙云海去，繁霜满鬓乐扬鞭。

作者简介：周北辰，南县人，高级教师，南县诗词家协会会员。

◎周耀光

洞庭春牧

春风杨柳最相和，巧纺青丝织翠珂。
千百牛羊嬉碧毯，牧童横笛向天歌。

咏茉莉花

绿羽茵茵披碧纱，冰葩洁洁淡无华。
奇香馨郁消炎暑，绣女诗人爱吻它。

作者简介：周耀光，南县人，南县诗词家协会会员。

◎周高朗

书　怀

从来爱与后生交，两鬓添霜未肯抛。
待坐常怀言志乐，登坛不觉育花劳。
诗书屡激童心发，笔墨长挥意气豪。
我作孩王忘老至，泳沂歌逐浪声高。

获国家老有所为精英奖有感

黉门忝列卅余秋，沐浴薰风槁木苏。
书剑少年空许国，耕耘老大愿为牛。
精英全赖人民育，涓涓犹蒙大海收。
终使葵心长向日，一盘承露百花洲。

作者简介：周高朗，南县人，1925年出生。教育工作者，曾创办南县首家私立中学，后将校产无偿捐献国家，1989年获全国老有所为精英奖。

◎李伯约

国际老年人节赞歌

耄老将垂又若何，宽心万事付随和。
轻歌曼舞迎朝露，淡泼浓描写暮荷。

书画琴棋常习练，诗词赋曲喜吟哦。
门球舞剑添怡乐，百岁人生应不讹。

作者简介：李伯约，澧县人，《南洲诗词》诗友。余不详。

◎李声凯

春　日

呢喃紫燕送春回，春色无边荡翠微。
沐雨红桃张笑面，迎风绿柳弄柔眉。
翩翩彩蝶花丛舞，款款蜻蜓溪涧飞。
田野欢腾披锦绣，游人踊跃意忘归。

作者简介：李声凯，祁东人，《南洲诗词》诗友。余不详。

◎余迪华

重庆打工感赋（二首）

一

黉宫一出进湘中，廿载苍桑两袖风。
七二云峰疏伯乐，胸怀磊块上川东。

二

锦绣山城好放歌,篱边野菊傲株多。
今朝觅得他山玉,玉树新枝逐逝波。

作者简介:余迪华,长沙人,《南洲诗词》诗友。余不详。

◎何炯明

七 一 放 歌

丰筵均富不奢华,弦乐春风入万家。
瀚海戈滩腾绿浪,平湖高峡舞银蛇。
业能焕斗心情爽,事可传碑笑语哗。
争说如今新政好,相逢人面粲于花。

作者简介:何炯明,南县人,南县诗词家协会会员。

◎吴振兵

怡 红 院

怡红快绿共相娱,西府海棠名不虚。
异石奇花弹雅调,雕梁画栋泻流渠。
芭蕉倩影群芳翠,锦绣游廊情趣纡。
水榭亭台香溢袖,悲欢离合每长嘘。

潇湘馆

潇潇风雨叹飘零，斑竹泪痕伴月星。
庭院凋残飞鸟叫，花炉香透烛灯清。
杜鹃啼迎春闹怨，鹦鹉惹人语调精。
幽径落花随水逝，园心寂寞结封冰。

作者简介：吴振兵，广西人，《南洲诗词》诗友。余不详。

◎陈文旌

冬　松

不惊烈日更欺霜，矗立空山岁月长。
傲骨只因孤鹤守，盘根或讶蛰龙藏。
怒涛思忽层峦起，荫影横遮百亩凉。
深谷啸声沉虎魄，高标何患历沧桑。

作者简介：陈文旌，香港人，《南洲诗词》诗友。生平不详。

◎张宜武

中 华 颂

黄河滚滚视开源，浩荡长江固幅员。
屹立维狮威古汉，欢腾泰岳展新颜。
与时俱进乾坤朗，以德宏开风物妍。
岁月斑斓今旷世，龙翔凤翥壮华园。

登虎歇坪

举步散幽情，登临虎歇坪。
躬身瞻冢石，放眼绕山亭。
众岭延绵舞，长冲迤逦横。
一方新圣地，环宇远闻名。

作者简介：张宜武，江西人，《南洲诗词》诗友。余不详。

◎张　轲

赏 晚 霞

举步长堤物影斜，夕阳辉映道旁花。
诗歌琴笛声声雅，蝶舞禽啼赏晚霞。

咏　梅

冰肌玉骨不须猜，俏不争春花自开。
白雪簇梅梅拥雪，清香引月入帘来。

作者简介：张轲，华容人，《南洲诗词》诗友。

◎芮锡光

村居即事

清溪垂柳小桥斜，春日村居世事赊。
两岸竹林栖水鹭，半塘蒲苇育龙虾。
锄疏南亩缘机种，瓜俏东门靠季差。
更羡农家儿女好，每逢节假去爷家。

作者简介：芮锡光，南县人，南县诗词家协会会员。

◎李三光

油菜花

飘飘洒洒朵儿黄，风卷金波馥馥芳。
引得蜂儿忙采蜜，自然丰果满粮仓。

牧　牛

两岸青山牯满坡，牧童对唱锦鸡和。
忽然山下有人叱，淘气仔黄在踏禾。

洞 庭 桥

巴陵笑傲洞庭桥，俯仰湖山分外娇。
银色弦琴悬日月，笛声铁板破云霄。
江流拍岸千帆过，水映飞虹万里潮。
若得屈公逢盛世，不须天问写离骚。

作者简介：李三光，南县畜牧科技工作者。擅长诗词书法，曾任南县诗词家协会理事。

◎石明科

千 禧 韵

人生有幸禧千年，燕舞莺歌庆纪元。
港澳回归逢盛世，江山一统待团圆。
藏龙卧虎中华地，辟地开天赤县间。
料想三年五载后，神州十亿更欢颜。

虞美人·七一巡礼

群魔乱舞形声匿,画舫南湖楫。临渊百姓解倒悬,赢得欢声阵阵水云间。

神州今日乘龙舞,"十五"鸿图举。雄风万里啸山林,发展和平处处有知音。

作者简介:石明科,南县人,南县诗词家协会会员。

◎卢焕文

健步雄跨新纪元

迎澳归根紧着鞭,又加世贸喜相连。
豪情誉载辉煌史,健步雄跨新纪元。
百族腾欢歌日月,三军抖擞震山川。
邓公论帜高高举,锦绣中华特色妍。

遗训子孙

刻苦攻书志必坚,奉亲报国孝忠贤。
发家致富勤为母,待友和邻让向先。
举止文明言有信,心灵美好事无愆。
知廉知耻常知足,乐在其中福寿添。

作者简介:卢焕文,南县人,教育工作者,南县诗词家协会会员。

◎刘人寿

春游桃花源

陶令文章好,刘郎信步游。
桃花红灼灼,溪水碧悠悠。
那有秦人洞,虚传渔父舟。
九州皆乐土,世外复何求。

作者简介:刘人寿,长沙人,《南洲诗词》诗友。生平不详。

◎刘海波

游长城有感

世代兴衰有定评,秦皇御外筑长城。
青山黄土埋尸骨,万户含悲哭远征。
万里长城今尚在,千秋功罪应平分。
骄横暴敛征徭史,化作今朝爱国魂。

作者简介:刘海波,南县人,南县诗词家协会会员。

◎刘志武

迎春节（二首）

一
梅雪争妍腊酒浑，人间春意已三分。
东邻炮竹西邻鼓，户焕桃符壁换灯。

二
李四开筵酬土地，张仁结彩迓财神。
一年大计从春起，好向春光取万金。

作者简介：刘志武，南县人，南县诗词家协会会员。

◎刘再玉

西柏坡

柏坡驻马制幽燕，气压南京蒋政权。
决战平津收散勇，运筹淮海莽烽烟。
将军入市扫糖弹，华夏鼎新震大千。
土屋灯光明后世，心驰圣地仰先贤。

作者简介：刘再玉，华容人，《南洲诗词》诗友。余不详。

◎伏家芬

荧屏观澳门政权交接有感

孤悬海角三千里,未见王师四百秋。
七子歌凝家国泪,五星旗慰别离愁。
终圆破镜归濠镜,重振金瓯醉玉瓯。
青史宜添大手笔,此时分秒震环球。

感　　事（二首）

一

小试牛刀学解嘲,几分梁父几分骚。
盘空硬语余多少,数载音书久寂寥。

二

癸酉行吟祭板仓,墨花犹带桂花香。
喜逢世纪英豪会,国运隆时诗运昌。

作者简介：伏家芬,长沙人,《南洲诗词》诗友。余不详。

◎孙一今

全国专家聚焦龙山里耶秦简

仰止龙山南大门,里耶秦简九州珍。
依山酉水沧桑见,多少专家耳目新。
欲识古城追往事,且凭深井破迷津。
当年秦楚纷争处,八面来风别有神。

作者简介:孙一今,龙山县人,《南洲诗词》诗友。余不详。

◎陈登山

咏　　梅

横枝淡影入疏棂,嫩色清香远俗尘。
雪作精神松作友,冰为肌骨竹为邻。
魂飞庾岭三生梦,霞染湖乡几度春。
欲唱平生金缕曲,问君可有伯牙琴。

作者简介:陈登山,湖北石首人,《南洲诗词》诗友。余不详。

◎陈义初

红岩掠影

红岩水库一明珠，碧水青山景象殊。
改造自然添胜迹，山乡冒出小西湖。

索道悬湖

铁索连云横碧水，鹊桥改建架山河。
老翁八十从容度，恍惚如仙联袂过。

作者简介：陈义初，安化人，《南洲诗词》诗友。余不详。

◎陈德梅

国际老人节抒怀

白发同欢庆，环球共此时。
余年惭奉献，老马恋驱驰。
世喜沧桑变，心怀雨露滋。
东风无限意，晚景似新诗。

作者简介：陈德梅，南县人，南县诗词家协会会员。

◎邓志龙

踏莎行·瞻仰中国驻越使馆

绿树轻摇,红旗劲舞,和平鸽子凌云翥。中华使馆沐朝晖,秋风庭院花如雨。

唇齿相依,弟兄相处,越中友好源千古。常将玉帛化干戈,恩恩怨怨皆无语。

作者简介:邓志龙,湘阴人,《南洲诗词》诗友。余不详。

◎孔惠农

题 梅 花

写罢中华第一花,凄风苦雨倍思家。
山河变色将军老,铁杆遒枝可自夸。

自 勉 箴 言
——南县一中六十周年校庆题

人人孝顺先,事事策周全。
俭朴能成富,勤劳万事圆。
在家和睦处,出门礼让先。
忍得今朝气,方为后日仙。

作者简介:孔惠农,祖籍南县,现居台湾省。擅诗书画,生平不详。

◎王安民

庆北京申奥成功

中华赢得五环旗，科技工程信必旗。
回首史无前例盛，全球刮目仰威仪。

自　　慰

花发阳春鹊踏枝，触触诗步校园时。
来添兴怨群观异，去写城乡老少宜。
九九金秋臻共识，千千学子慰相知。
龙年更向新阶上，大展雄风破壁思。

作者简介：王安民，湖北石首人，《南洲诗词》诗友。余不详。

◎王常珍

破阵子·神舟三号发射成功

举目神舟三号，春风送往蓝天。直向云层循轨道，皓月当空火焰妍。五星旗帖悬。

准确回归着陆，攀登科学尖端。天上人间连一线，他日飞船载客旋。中华谱伟篇。

作者简介：王常珍，益阳人，《南洲诗词》诗友。余不详。

◎王兆霖

春　雪

红炉灰冷酒频加，窗外寒鸦不见家。
似听春声声已近，天飞柳絮忽为花。

草

寂寞篱边夜宿萤，踏残千遍复亭亭。
虽无富贵骄颜色，却染天涯一派青。

作者简介：王兆霖，长沙人，《南洲诗词》诗友。余不详。

◎王思则

洞　庭　春

春临大地报佳音，紫气轻盈满洞庭。
笑看桃花红似锦，湖洲芦苇绿如茵。

咏　梅

严冬苦斗雪霜天，铁骨铮铮意志坚。
冲破寒流枝吐艳，幽香浸播唤花妍。

作者简介：王思则，南县人，南县诗词家协会会员。

◎王云侠

咏施琅（二首）

一

大国如磐亦似荆，分而则谢合而荣。
归清好上凌烟阁，弃郑重开细柳营。
欲献丹心宏正统，当濡碧血染长缨。
中华更美君知否？百族骈阗百鸟鸣。

二

闽人集会颂施琅，一掷韶华又属羊。
港澳油然先认祖，台澎岂可久离娘。
心存耿耿宜疏导，谊讲亲亲要发扬。
共补金瓯行两制，春风化雨党恩长。

作者简介：王云侠，长沙人，《南洲诗词》诗友。余不详。

◎龙爱冬

清平乐·重九感怀

秋高气爽，莫道桑榆晚。落帽龙山休破胆，应觉心舒意满。

洪波去后粮丰，佳音奏彻银城。九运频添喜气，明年再沐春风。

戏仿白居易"不如来饮酒"

莫作清官去，凄怆在后头。
批评凝怨气，原则丧朋俦。
一旦辞官职，身边尽夙仇。
不如来饮酒，沉醉乐悠悠。

作者简介：龙爱冬，益阳人，曾任中共益阳地委副书记。

◎ 刘 艳

西江月·人居新貌

东苑鸡鸣声脆，北塘荷举苞红。
围栏别墅沐清风，缕缕馨香频送。
一扫坪前脏乱，却看院内葱茏。
近来忙坏老阿公，又把新花栽种。

临江仙·悼袁隆平院士

十里长街哀国士，斯民恸断肝肠。追思往事岂能忘，力研三系稻，心念万家粮。

功比神农倾大爱，换来嘉谷盈仓。犹期禾下好乘凉。深情传世界，遗梦种潇湘。

作者简介：刘艳，南县人，1967年7月生，南县诗词家协会理事。

◎雷子荣

宝塔湖寻诗

云梦遗珠赤庙西,葱茏花木燕莺啼。
千人络绎湖光秀,万辆川流商市齐。
武穆屯兵依古荡,彭公寻道饮良堤。
莫须冤共烟霾散,二帅重游恐路迷。

作者简介:雷子荣,南县人,电力工作者,南县诗词家协会会员。

◎欧国华

秋　　柳

秋风瑟瑟柳条黄,枝叶纷纷扰夕阳。
月下常怀如意事,梦中总念称心郎。
寒塘鹤舞留孤影,幽径蛩鸣诉别肠。
且喜菊花今始放,亭轩吟诵饮清觞。

作者简介:欧国华,南县人,南县诗词家协会会员。

◎彭立夫

春

春光照耀暖心田,细雨连绵意盎然。
百媚桃红争秀色,千娇杏艳露芳颜。
园中蕊上蜂飞舞,屋顶亭间燕呢喃。
万里河山添锦绣,神州大地乐悠闲。

作者简介:彭立夫,桃江人,《南洲诗词》诗友。余不详。

◎肖竹林

金缕曲·端午

节序逢重五。遍乡村,艾香蒲绿,晓风清暑。如箭龙舟飞江上,响彻惊天鼙鼓。江两岸,游人环堵。老朽今朝来作戏,助儿郎,搏浪蛟龙舞。高咏和,紧投黍。

灵均风节高如许。抱奇才,词悬日月,万泉涌出。无奈黄钟遭抛弃,含恨沉冤江楚。君溘逝,名垂千古。把酒狂歌歌未了,料醉时,难抵醒时苦。酹一酒,唱金缕。

行香子·回忆童年

少小时光,雅气荒唐。房檐下,戏捉迷藏。隐蔽身体,不敢声张。任天儿暗,蚊儿咬,胆儿慌。 池边奔逐,捕钓蛙鲂。笑嘻嘻，收获丰穰。架锅生火，舀水烹汤。尽腿儿泥，手儿黑，口儿忙。

作者简介：肖竹林，南县人，南县诗词家协会会员。

◎刘曙光

疏影·寒园赏梅

疏篱凛冽，有何人识汝，瘦硬枝节。万雪千霜，冷雨凄风，何惧苦寒磨折。暗香浮动横斜处，浸玉影、一轮明月。不堪向、得意春风，妖媚李桃情结。

漫想前尘往事，苦孤山梦杳，情抱孤绝。琼屑飘飘，衣袂翩翩，可是鹤郎归切？一怀恨晚梅妻唤，相望久、语凝红靥。直倚到、月暗云沉，披裹一团香雪。

踏莎行·踏春

雨霁云收，风轻日暖，西园携侣溪山转。桃花潭畔倚桥横，怡香亭上凭栏远。翠幕藏莺，芳丛掠燕，杜鹃声里春华浅。何须缱绻叹春阑，绿杨依旧韶光软。

作者简介：刘曙光，南县人，南县一中高级教师，曾为南县诗词家协会理事，著有《刘曙光诗词选》。

◎朱先贵

采桑子·"三八"妇女节感怀

清风明月还依旧,岁岁三八,今又三八,双燕归来明媚花。
年年此日如今日,旅住他家,何处为家,转眼青丝两鬓华。

朝中措·踏青

桃花溪水伴人行,莺语悦心声。姹紫嫣红开遍,啼鹃何故堪惊!
天涯路杳,随春去后,无尽客程。南国明年春里,梦回独忆师朋!

作者简介:朱先贵,广东人,《南洲诗词》诗友。余不详。

◎冯正根

清平乐·春思

相逢难得,却又匆匆别。二月江南春似客,丝丝雨雨情切切。
常思室外临风,云儿念我情深。送去微风一阵,视频眼泪无痕。

作者简介:冯正根,江西人,《南洲诗词》诗友。余不详。

◎李玉洋

秋　望

碧透长天秋色浓，雁鸣落日好乘风。
枫林也爱做佳梦，擎起山川满目红。

作者简介：李玉洋，河南人，《南洲诗词》诗友。余不详。

◎解建军

秋夜漫游南洲镇河堤有感

月下渔灯映水流，余晖遥照一河秋。
船边鱼戏清波远，堤岸风梳碧草幽。
阵阵轻歌融胜景，翩翩劲舞领潮头。
霓灯夜市真如画，车水马龙逸兴酬。

读《离骚》随感

掩卷长思意若何？辞章读罢泪婆娑。
满怀忠烈兴荆楚，无限凄哀葬汨罗。
宇庙墙垣虽颓坏，遗篇文采岂消磨。
但悲屈子沉江早，犹听三湘醒者歌。

作者简介：解建军，华容人，曾任华容诗词家协会副主席。

◎黄千麒

地名妄改

黄家何必改皇家,历史名人韵味赊。
却把帝王来作秀,崇洋媚古不须夸。

作者简介:黄千麒,益阳人,《南洲诗词》诗友。余不详。

◎汤海晏

洞 庭 湖

四水奔来经坦腹,烟波浩渺隐苍龙。
鸟栖湿地鱼栖穴,山蓄英姿湖蓄洪。
万里船归秋月朗,千家渔唱夕阳红。
岳阳楼上谈忧乐,天下奇观云梦中。

作者简介:汤海晏,华容人,《南洲诗词》诗友。余不详。

◎杨异群

咏　燕

南山滴翠燕先知，日暖泥融育乳时。
榭畔亭边添昵语，庭中圃内展娇姿。
追蝇逐蝶身如矢，食虱吞蝗态近痴。
秃笔含情歌益鸟，忠禽步律入新诗。

作者简介：杨异群，《南洲诗词》诗友。余不详。

◎张光清

篱　边　菊

不去洛阳争大王，独留篱畔斗寒霜。
千层叠玉迎秋雨，十月镶金着丽裳。
粉蝶翩跹灵气秀，雁风凝卷碧绡香。
莫言孤旅相知少，重九同邀聚一堂。

作者简介：张光清，湖北人，《南洲诗词》诗友。余不详。

◎刘庆安

谒长沙贾太傅祠

秋阳枫叶粲层林，访古星沙入巷深。
贾傅祠堂瞻建树，诗人才调展胸襟。
芳踪老井先贤泽，良策宏文赤子心。
继往开来数今日，百花争艳世无伦。

南歌子·甲午重阳

九月秋风渐，闲人逸兴长。篱边菊蕊溢清香，正好呼朋唤友度重阳。

笔底乾坤大，拈阄择韵忙。风光无限且飞觞，许我高歌一曲满庭芳！

作者简介：刘庆安，益阳人，曾任益阳诗词家协会会长。

◎曹百灵

忆秦娥·月下梅花

婵娟洁，深宵不耐鹃啼彻。鹃啼彻，伊人梦断，瑶琴声咽。琼枝玉蕊幽香烈，先芬不与群芳列。群芳列，冰魂清影，点妆如血。

铁　梅

花开五福不寻常，装点关山岁月长。
一树老梅成铁干，年年春到发幽香。

作者简介：曹百灵，衡阳人，《南洲诗词》诗友。余不详。

◎李春琪

吟　洞　庭

洞庭湖畔草粘天，四月春深好放船。
柳叶乱飘千尺雨，桃花斜带万家烟。
旧堤却认门前树，新岸迷离屋后田。
酒尽橹摇吟小调，密林深处杏红妍。

太　湖　游

万顷湖心笼翠烟，游人观赏水中鲢。
山围花柳东风地，水映楼台西月天。
钟鼓相闻南北寺，歌谣不断往来船。
今朝共钓太湖酒，带醉吟成景致篇。

作者简介：李春琪，湘潭人，《南洲诗词》诗友。余不详。

◎廖奇才

水调歌头·读《三北造林记》

三北造林事，壮丽史空前。几多男女英杰，生命对沙捐。小树株株栽下，绿带绵延旖旎，万里见清颜。伟绩惊神鬼，毅魄动山川。

父偕子，夫伴妇，志弥坚。朝朝暮暮，前赴后继战荒原。无论阴晴霜雪，不计悲欢离合，信念代代传。血汗浇花树，大漠换新天。

（三北，即西北、华北、东北。）

战　马

大漠崇山奋鬣行，惯迎弹雨事长征。
风刀霜剑何能阻，万里关河万里情。

作者简介：廖奇才，长沙人，《南洲诗词》诗友。余不详。

◎赵怀青

踏莎行·购岛闹剧

买岛倾金，见灾无助。怜民震后黄连苦。财空虚势实中干，自欺不解难行步。

两岸同心,海监巡戍。龙孙携手维权护。梦还军国岂能容?劝君莫让枭雄误。

作者简介:赵怀青,江西人,《南洲诗词》诗友。余不详。

◎ 姚先驰

浪淘沙·备考

卷帙垒如丘,斗志无休。挑灯奋战五更头。耐得今宵三夏暑,为慰金秋。

理想贵恒求,最疾闲偷,辛劳集腋会成裘。明日考场身手展,壮志新酬。

作者简介:姚先驰,南县人,南县诗词家协会会员。

◎钟爱群

退 休

退休故里伴山居,夜枕清泉日乐庐。
月吐虹光观玉影,溪流碧水钓金鱼。
荷锄园地身康健,释卷诗书晚景舒。
品味鲜蔬尝美果,小阆花韵赏芙蕖。

作者简介:钟爱群,桃江人,南县诗友。

◎胡润秋

洞庭牧鸭女

一篙一叶闹喳喳，划出晨曦渡晚霞。
凫鹭比肩风浪隐，岸汀枕月是新家。

阳　　台

上挂葡萄下著花，一双翠鸟垒枝桠。
相看微笑般般好，月白灯红两个家。

作者简介：胡润秋，华容人，南县诗友。

◎罗孟冬

秋日田园杂兴

湖山深处长蒹葭，鸥燕低鸣小径斜。
白鹭幽篁纤枝舞，野凫浅水满梳嗟。
椒红桔翠篱边景，树碧楼高园里麻。
最喜农家丰岁乐，冬天相约赏梅花。

作者简介：罗孟冬，宁乡人，益阳职院教授，南县诗友。

◎李德国

风入松·惊梦抒怀

昔时年少守边防,紧握钢枪。军营新貌山河壮,喜长城,铁壁铜墙。天眼常年监控,卫星时刻遨翔。

病魔虽恶志坚强,笑对阴阳。西沙越战诸多事,像沉烟,云绕胸腔。人老身残故里,夜常梦断边疆。

作者简介:李德国,益阳人,南县诗友。

◎彭海明

满江红·颂党恩

过百年华,神州起、凯歌响彻。党引领、人民巨手,创新宏业。物阜民丰开笑脸,河清海宴皆豪杰。立东处、雄伟傲全球,洋人折!

吾农子,红旗抉;今幸福,诚心谢!敢献身、冲在阔途前列。滚打摸爬挥汗雨,春秋冬夏均凉热。梦复兴、守望国和家,同欣悦!

作者简介:彭海明,南县人,中学高级教师,系中国民间文艺家协会、湖南省民间文艺家等协会会员。

◎龙自军

诗　　趣

好诗当酒品，陶醉益身心。
若解其中味，得从诗外寻。

悟　　诗

近滩虾米瘦，远岸鳜鱼肥。
寻味须勤悟，浅深相与随。

作者简介：龙自军，南县人，南县诗词家协会会员。

◎释德和

农　家　乐

遥望平川笼淡烟，安居乐业喜空前。
民楼林立莺歌曲，汗水换来岁稔年。

作者简介：释德和，南县人，诗词爱好者。

◎沈为公

卜算子·惠策润三农

举目望平川,绿柳如烟雾。棉茂枝繁水稻青,更喜春风雨。惠策润三农,土地摇钱树。乐业丰收喜气盈,免税田粮补。

合　影

忆昔同窗几度秋,风霜染鬓少年头。
一江春水东流去,倩影长留情意悠。

作者简介:沈为公,南县人,南县诗词家协会会员。

◎刘胜科

回　乡

轻车一路两眸迷,楼阁参差矮屋稀。
待嫁村姑微笑说,轿车彩电比城齐。

作者简介:刘胜科,南县人,南县老年书画家协会会长。

◎刘月香

渔歌子·茅草街大桥

赤磊丘陵座洞庭,四源交汇满天星。
山间断,水平衡,长虹落下听涛声。

野　菊

野菊不须栽,深秋独自开。
芳香风送去,生态最和谐。

作者简介:刘月香,南县人,南县诗词家协会会员。

◎马怀寅

儿童之歌

小舟摇到外婆桥,两岸风光任我描。
市镇繁荣鱼米俏,惠民致富路千条。

扶杖乡村游

身影不随流水去，出门都是看花人。
青山绿水知多少，花屋高楼又一村。

作者简介：马怀寅，南县人，南县诗词家协会会员。

◎周见昆

盼　归

得晓儿孙近日归，门庭净扫一年灰。
心如奔马春来早，电话拨通好几回。

秋　收

闻得农田五谷香，千家万户抢收忙。
高歌必是丰收曲，阵阵机声伴乐章。

作者简介：周见昆，南县人，南县诗词家协会会员，高级农艺师。

◎林　峰

望洞庭

胸怀通四水，斜日照红罗。
浩浩天涯去，声声雁阵过。
黄昏三月色，翠黛九秋河。
今夕湖边望，清风剪玉波。

赠南县诸君子

酒暖佳人醉，江南夜有声。
芦花思白雪，霜叶送红情。
秋水连天碧，湘云带日晴。
洞庭多少意，长此说卿卿。

作者简介：林峰，曾任中华诗词学会副会长，香港诗词学会创始会长。

◎李慧娟

游天星洲有感

芦花万亩入吾眸，未待君来已白头。
更盼明春游此地，芸芸青韵傲湖洲。

作者简介：李慧娟，香港人，香港诗词家学会会员。

◎林丹涛

蝶恋花·秋赏南洲芦苇絮

　　秋赏南洲芦苇絮，一水流芳，飘散如花雨。谁把浓情凝玉柱，相思都寄天涯去。

　　　缘结同心休问路，野渡横舟，醉入花深处。记取红尘香一缕，梦中已把春留住。

作者简介：林丹涛，香港人，香港诗词家协会会员。

◎傅占魁

赏南县天星洲芦花

轻舟送我步南洲，晴照无风好赏秋。
两岸平湖疑压雪，一江碧玉醉盈眸。
飞桥翼翥通天路，笑语云归揽月楼。
身化千支芦管里，乡音日夜起清讴。

作者简介：傅占魁，香港人，香港诗词家协会顾问。

◎陈惟林

农民工添喜

从前一别影无踪,递信传书山万重。
今夕相思何足虑,鼠标轻点睹芳容。

作者简介:陈惟林,湖北石首人,《南洲诗词》诗友。余不详。

◎张观千

奉　献
赞抗洪前线的人民子弟兵

汹涛滚滚任横流,暴雨倾盆万户愁。
道路成河翻浊浪,堤防漫破浸芳洲。
救民舍己趋凶境,抢险奋身解国忧。
军警官兵临一线,满腔热血写春秋。

作者简介:张观千,南县人,南县诗词家协会会员。

◎陈其武

南洲采风有感

谁铺宣纸彩云间,画笔描成锦绣园。
还是借来天上景,巧妆祖国好河山。

九都神韵

半城市井半城湖,诗满塔楼家有余。
身在画中人不老,好凭岁月写藏书。

作者简介:陈其武,南县人,南县诗词家协会会员。

◎李光辉

西江月·忆长坡

万里高原云雾,四时春色城乡。山绿水绕营房,战士歌声嘹亮。
巾帼英姿飒爽,男儿血气方刚。并肩促膝一双双,畅叙军魂理想。

(长坡为地名。系作者当兵时军营地,位于春城以西20公里处。)

作者简介:李光辉,南县人,人民教师,南县诗词家协会会员。

◎周光明

柳梢青·农村新貌

旷野殊佳，泥含剪燕，蝶醉繁花。风舞垂杨，鱼吹细浪，浅水鸣蛙。

艳阳相映霓霞。倚栏处、诗情迭加。盛世园林，馨香喷溢，楼阁家家。

作者简介：周光明，南县人，南县诗词家协会会员。

◎丁建华

访沼气生态农业基地有感

简室深居寡陋闻，不知郊外物皆春。
家家红火炊烟尽，处处青葱耳目新。
生态平衡牲畜旺，沼池净化害虫泯。
纯优蔬果人称道，真是小康幸福村。

作者简介：丁建华，南县人，曾任南县文联主席。

◎全书卿

农村富滴油

采风乡下走,美景眼中收。
碧水凭鱼跃,繁枝任鸟投。
香花馨小院,绿树隐琼楼。
沼气神来力,农村富滴油。

作者简介:全书卿,南县人,曾任南县政协副主席、南县老年书画家协会主席。

◎周耀光

参观南县林业观感

百里南洲绿领先,青杉翠树百堤烟。
竹中育笋开财路,树下栽姜引福源。
玉叶葡萄珠串串,黄花梨果味甜甜。
小康道路行行促,致富林荫别有天。

作者简介:周耀光,南县人,南县诗词家协会会员。

◎刘明善

南县新农村纪实

一幅画图呈眼前，路平垄绿鸟声弦。
灌排上下畅流水，阡陌高低乐稔年。
婚庆文明承节省，探亲仪礼侃粮棉。
新村新景新风尚，众口同歌改革天。

作者简介：刘明善，南县人，南县诗词家协会会员。

◎郭正泉

七月乡村

七月下南洲，生机一望收。
稻花香喷喷，棉垄绿油油。
果熟枝桠曲，鱼肥背脊浮。
农民难合嘴，举酒笑眉头。

作者简介：郭正泉，南县人，南县诗词家协会会员。

◎黄善交

浪拔湖怀古

拔箭张弓浪不平,千舟曾渡岳家兵。
杨幺武穆人皆敬,功过而今自有评。

作者简介:黄善交,南县人,人民教师,诗词好爱者。

◎曹霞初

南县首届地花鼓艺术节

地方花鼓戏,源系到清朝。
岁岁贺春节,年年闹碧宵。
围龙蚌壳艳,息鼓彩船娇。
今日广场上,倾城看树标。

作者简介:曹霞初,南县人,机械工程师。

◎夏宏业

题《南县地名志》

明月照南洲，湖平几度秋。
赤松游屐在，武穆马蹄遒。
莫恋残碑碣，当歌上策筹。
鸿图方大启，来者更风流。

作者简介：夏宏业，南县人，诗词爱好者。

◎李天桥

春 雨 闲 吟

渺渺烟波覆远畴，杆头孤鸟唤悠悠。
多情最是滴滴雨，滴到花开始肯休。

作者简介：李天桥，南县人，时为南县一中学生。

◎谈子裕

别了1404班

鹅毛大雪漫飞扬,独对班牌泪雨滂。
只道流光多叹惋,何须别意倍神伤。
攀云摘桂重拉手,破浪扬帆再启航。
且看凌寒梅吐艳,休将心事付愁肠。

作者简介:谈子裕,南县人,时为南县一中学生。

◎李云帆

中 秋 夜

清露湿窗纱,依灯一盏茶。
尊慈恩似海,无月更思家。

作者简介:李云帆,南县人,南县诗词家协会会员。

◎杨昌华

天　星　洲

展目皆新绿，回眸尽嫩肥。
娇莺歌树杪，紫燕舞江薇。
一鹤排空骛，群鸥掠水飞。
途中逢旧好，踏翠不思归。

作者简介：杨昌华，南县人，人民教师，南县诗词家协会会员。

◎童松山

回　乡

不识新街觅旧桃，阿婆讶认费唠叨。
儿时故友真无赖，笑指吾装是锦袍。

蝶恋花·秋夜忆母

雲淡星稀弯月小。桂树飘香，夜静喧声少。处世安身须检讨。谆谆母训常言教。

老母晚年心态好。难得糊涂，满面春风笑。不管他人奸与巧。是非休惹无烦恼。

作者简介：童松山，南县人，南县诗词家协会会员。

◎彭任奇

秋末即景

秋去冬来岁序催,菊花篱畔未全开。
天寒岁暮无多日,大好光阴唤不回。

浪淘沙·忆韶山

无事且偷闲,着忆韶山。行装整理有何艰,一路行程来也快,步越他山。

忽听鸟声关,飞舞回环。青云得路我登攀,翘首云天无限好,自足怡颜。

作者简介:彭任奇,南县人,南县诗词家协会会员。

◎陈　智

咏南县芦花（三首）

一

何花牵韵驻芳洲,默默偎云恋晚秋。
一色无华春不惜,飞霜独抱是温柔。

二

野涧无人恣意开,秋风澧水万枝台。
玉颜寒骨因冰洁,影入茫茫一念来。

三

芦花深处可相逢？月染霜天雁隐踪。
欲借嫦娥秋梦水，金樽酒里悔情浓。

作者简介：陈智，香港人，香港诗词协会会长。

◎寒　春

南县天星洲芦花（二首）

一

飘荡随风起白花，茫茫夹岸伴烟霞。
秋云化雪疑无路，阵阵青鸿识故家。

二

碧流浪起泛晴波，千里花开影入河。
一苇高擎冲汗漫，枝枝戴雪白云多。

作者简介：寒春，香港人，香港诗词协会秘书长。

◎彭中文

借深南诗韵偶成

几度春来几度秋，炎凉似水不堪收。
心伤未有梅兰伴，梦碎唯凭茶酒讴。
浩荡江湖帆欲远，漂浮岁月路常忧。
立身安命观风雨，暗问苍茫谁主流。

作者简介：彭中文，香港人，香港诗词协会会员。

◎梦　欣

咏　芦　花（二首）

一

为识人间冷暖情，花开雨夏到冬晴。
稀奇还数负霜鹤，一聚南洲不肯行。

二

开花始觉应春迟，撑过夏秋秋了时。
飞雪茫茫无客到，细腰犹学美人姿。

漫步宝塔湖边

城外运河城里湖，风光一塔赛姑苏。
平川喜有宽舒景，浊世难寻安逸途。

习习新风人意爽,匆匆美梦国情殊。
尽将南县当知己,话到深宵月已孤。

作者简介:梦欣,香港人,香港诗词协会会员。

◎李荣华

南洲行

何事诗翁逸兴长?南洲百里赏春光。
虹桥似画江流远,绿野如茵卉送香。
兴盛街前夸世盛,德昌园内祝邦昌。
回眸最羡农家仔,玉宇琼楼是课堂。

如梦令·贺南县地花鼓申遗成功

几句俚言挑逗,几曲舞衣舒袖。生旦共登台,活把人生诠透。长茂,长茂,谁道语单音瘦。

作者简介:李荣华,益阳人,曾任益阳诗词协会主席。

◎詹易成

春满南洲

彩绘民居一望稠,菜花怒放映田畴。
生机魅力传鸟嘴,画意诗情播南洲。
日暖何寻仙景乐,春融宜到此间游。
小康赢得家家富,美丽村庄实可讴。

作者简介:詹易成,益阳人,《南洲诗词》诗友。余不详。

◎曾敢想

忆江南·南洲夕照(二首)

一

南洲好,霞影满湖时。随意拍来都是景,开心吟出即成诗。是处有高师。

二

南洲好,到处是诗人。日出洞庭随意唱,鸟飞芦苇对天吟。沉醉四时春。

作者简介:曾敢想,益阳人,《南洲诗词》诗友。余不详。

◎江　山

梦返故乡

红枫金菊染重阳，我伴清风返故乡。
垂柳婆娑迎白发，黄莺啼啭禀高堂。
亲朋怪罪传书少，慈母凝神品貌详。
少壮离家飘四海，而今帆落可归航。

作者简介：江山，益阳人，南县诗友，曾任资阳区人大副主任。

◎李莹波

题　画　诗

富贵从来国色夸，我家偏在野篱笆。
花红不过多情种，一样争春发嫩芽。

作者简介：李莹波，益阳人，《南洲诗词》诗友。余不详。

◎黄运芳

延 安 游

眼前圣地是延安，延水河边宝塔山。
多少元勋曾寄此，史书彪炳谓摇篮。

作者简介：黄运芳，益阳人，《南洲诗词》诗友。余不详。

◎胡培光

如梦令·知了

不问人间温饱，忽懂事情门道。处处显高明，总是连篇知了。知了，知了，哪有万桩都晓。

中国"一带一路"建设蓝图

横贯东西大物流，全球经济共图谋。
重开古代丝绸路，互利双赢各所求。

作者简介：胡培光，宁乡人，《南洲诗词》诗友。余不详。

◎易绪进

参观涂鸦村感赋

沱江筑梦润新芽,独放南洲一树花。
艳射重霄星眨眼,红羞碧海水流霞。
蓝图不愧耕耘手,绿色堪怡勤奋家。
龙族腾飞震天翼,长空作纸满涂鸦。

作者简介:易绪进,湖北石首人,《南洲诗词》诗友。余不详。

◎胡剑宏

咏　　莲

洲滩湖汊畔,十里尽芳芬。
漪媚羞为动,泥污耻与群。
碧盘通地理,朱笔点天文。
四季繁花艳,芙蕖独谓君。

作者简介:胡剑宏,华容人,《南洲诗词》诗友。余不详。

◎彭流萤

春节抢票回家有感

刷票时时所获零，指头点点意纵横。
菜园清露洗尘迹，米酒蛋花慰故情。
稻黍橘蔗邀约叙，鸡鹅鱼肉聚相烹。
在家千日随心好，醒觉一声任重轻。

作者简介：彭流萤，南县人，博士后，现在中国文联供职。

◎刘未零

洞庭明珠颂

洞庭春美看南洲，绘彩民居万景悠。
生态乡村彰特色，罗文花海靓新楼。
千畦泛绿何其秀，百栋涂鸦格外牛。
碧水蓝天妆化境，旅游泽国竟风流。

作者简介：刘未零，桃江人，《南洲诗词》诗友。余不详。

◎文干良

罗文有约

罗文有约路弥香,道是春风着锦裳。
极目江天疑是火,燃情诗韵久回肠。

作者简介:文干良,桃江人,《南洲诗词》诗友。余不详。

◎周卫平

渔　　翁

近日无鱼少酒钱,周身乏力懒撑船。
有心想把蓑衣当,又恐明朝是雨天。

咏　柳　絮

有花无果状如棉,附势随风上九天。
洒洒飘飘何着处,纵归泥淖不肥田。

作者简介:周卫平,沅江人,《南洲诗词》诗友。余不详。

◎刘星辉

梦游周立波故居

几回客梦到清溪,映日芙蓉入眼迷。
旷代诗才堪倚马,百年心迹可燃藜。
盘旋曲径松涛静,回首苍山竹影低。
故里寻君君不见,夜阑唯有杜鹃啼。

作者简介:刘星辉,益阳人,《南洲诗词》诗友。余不详。

◎何良厚

临江仙·初春江望

骀荡东风催淑景,艳阳烘暖郊原。一江瘦水碧涵天。展喉莺恰恰,开眼柳翩翩。

物类千姿供妙赏,白云吞了遥巅。参差新绿秀林园。茶花迎我笑,悦目引流连。

作者简介:何良厚,益阳人,益阳市诗词家协会主席。

◎徐逢春

和滨龟鳖产业园开园志庆（二首）

一

一湾净水润膏田，最是罗文嫩草鲜。
龟鳖巡游开福地，鱼虾得意汇长川。
农人旧梦连新梦，沃土前缘续后缘。
湿地休闲何处去，和滨生态产业园。

二

沱江治理史无前，昔日荒洲改旧颜。
花海罗文添胜景，和滨龟鳖展宏篇。
朵颐大快原生态，游憩尽欢特色园。
湘北明珠牵一线，徐君豪气破云天。

（徐君指和滨龟鳖产业园董事长。）

作者简介：徐逢春，南县人，曾任益阳美术专科学校副校长。

◎黄耀南

春　讯

腊转鸿钧岁序残，梅妻傲雪正阑珊。
东君欲破寒冰蕊，且听苍穹霹雳欢。

春　归

且听苍穹霹雳欢，春风春雨暖还寒。
莺飞草长红梅笑，一片生机上翠峦。

作者简介：黄耀南，南县人，现居长沙，为湖南省直诗词协会会员。

◎陈　亮

南洲湿地公园行吟

波光云色竞争妍，水韵南洲别有天。
绿藻青萍翻翠浪，奇花嘉树拂晴岚。
烟霞似友来衣上，鸥鹭可亲戏眼前。
最爱和风长骀荡，心随候鸟共翩翩。

作者简介：陈亮，四川人，《南洲诗词》诗友。余不详。

◎张　悦

南县行吟

遥迢水秀复山青，百里春风绘画屏。
原野纵横连广袤，江湖浩渺接苍溟。

乡村安乐迎朝日，南县温情映晚星。
风土变迁频点赞，乡音未改故人听。

作者简介：张悦，湖北武汉人，《南洲诗词》诗友。余不详。

◎沙永松

南 县 涂 鸦

一

碧水盘回路几重，缤纷挂在小楼东。
龙蛇笔蘸天然绿，写下春花万朵红。

二

整合民风细剪裁，无边油菜镀金开。
桑园播下星河梦，坐拥繁华到未来。

作者简介：沙永松，湖北石首人，《南洲诗词》诗友。余不详。

◎倪贤秀

罗 文 有 约

山光水色丽无俦，约会罗文几度秋。
万事萦怀鸿影过，百年秉烛月华求。

云生九派升帆志，风送洞庭逐浪舟。
永忆恢宏南县梦，新村画卷正凝眸。

作者简介：倪贤秀，湖北武汉人，《南洲诗词》诗友。余不详。

◎田庆友

观赏罗文花海

油菜花开满目金，罗文生态最迷人。
蜂飞蝶舞殷勤至，等是芬芳醉了心。

作者简介：田庆友，辽宁人，《南洲诗词》诗友。余不详。

◎刘小丹

南县印象（二首）

一

宾客八方来旅游，撩开春色赏南洲。
城乡生态如仙境，景美洞庭第一流。

二

有约罗文人笑乐，呼朋唤友踏春游。
东风化雨新村美，花海涂鸦誉九州。

作者简介：刘小丹，双峰人，《南洲诗词》诗友。余不详。

◎刘梅芳

月照空楼

廓外苍峰沉暮晚,残城冷月照空楼。
词章赋就与谁唱,满地黄花满纸愁。

春秋阁

风舞流苏夜色沉,嫦娥漫步入凡尘。
春秋府邸烟云杳,何处清歌欲断魂。

作者简介:刘梅芳,湖北石首人,《南洲诗词》诗友。余不详。

◎曹维新

浣溪沙

升平时日过春秋,事事顺心不用愁。耄耋年年尽风流。
若非党政领导好,改革开放为民酬,哪能今日富神州。

咏老梅

屋后林间一老梅,叶卷枝枯往下垂。
犹恐今冬难度命,谁知先占百花魁。

作者简介:曹维新,南县人,南县诗词家协会会员。

◎周　伟

浣溪沙·牡丹

三月花期一月开，游人闻讯踏青来，红妆素裹绕山隈。
不是科研织锦绣，哪能四九赏芳魁，别开生面孕奇瑰。

作者简介：周伟，南县人，南县诗词家协会会员。

◎涂艳阳

罗文花海之恋（二首）

一

白墙黑瓦映丹霞，阡陌田园处处花。
游子回乡添秀色，彩云作笔巧涂鸦。

二

锦绣南洲鱼米乡，罗文生在画中央。
墙头描述农民梦，沃野齐吟奔小康。

作者简介：涂艳阳，南县人，南县作家协会副主席。

◎谭小香

满庭芳·母亲节

雨济良田，荷浮绿水，喜看圆叶新妆。母亲逢节，神采更飞扬。育得莲花朵朵，开心果、不说沧桑。斜阳外，一群青鸟，牵动母亲望。

端详,头雪白,身康体健,四世同堂。任明月清风,沐浴心房。多少鱼儿宛住，蛙鸣处老鳌成双。百年梦，蜻蜓伴舞，再赋《满庭芳》。

作者简介：谭小香，南县人，南县诗词家协会会员。

◎陈　成

卜算子·桃花

春雨似甘霖，万物遂心愿。野外桃花分外妍，早有蜂蝶恋。
虽艳不招摇，暗染村姑面。花落成泥化作肥，五月新桃献。

冬　柳　吟

除却婆娑显裸枝，冰封雨冻任由之。
凌寒暗蓄抗争势，静待春临勃发时。

作者简介：陈成，南县人，曾任岳阳某区税务局局长，南县诗词家协会会员。

◎吴必荣

咏　梅（二首）

一

一枝独俏雪中开，不待春光报岁来。
莫道寒凝花有限，清香阵阵绕双腮。

二

难伴春光常伴诗，浓妆瘦骨出风姿。
只缘不恋蜂儿赏，素写娇颜泼墨时。

作者简介：吴必荣，诗词爱好者，《南洲诗词》诗友。余不详。

◎秦子平

渔家傲·荷花颂

　　翠盖飘香人共笑，向家地里今天俏。游客成群遝迩到，亲临眺，无边菡萏《渔家傲》。
　　攘往游人车马闹，花开艳丽金光道，词客抒怀高格调，诗情好，与时俱进皆称妙。

作者简介：秦子平，《南洲诗词》诗友。余不详。

◎曹应昌

过洞庭湖大桥遐想

浩瀚湖光闪碧波,长桥眺望见青螺。
繁忙港口连江海,有序航船似布梭。
忧乐名篇开意境,湘妃丽影舞婆娑。
巴陵绘就新图景,时代强音奏凯歌。

作者简介:曹应昌,南县人,诗词爱好者。

◎徐飞鹏

重阳节即兴(新韵)

台风过后透天凉,雁唤穹空阵阵苍。
北地江寒山暗淡,南洲草绿树芬芳。
登高望远同程友,引伴呼朋异客乡。
共话佳节明月里,何当载酒醉重阳。

作者简介:徐飞鹏,南县人,现在深圳工作。

◎刘木兰

人生随感（二首）

一

年少课堂始读诗，投枪号角起情思。
纵然今日人颜老，尚有吟哦半份痴。

二

早逝双亲遇冷凄，人生进退有夫携。
睦亲教子寻常事，勤俭家风福寿齐。

作者简介：刘木兰，南县人，南县诗词家协会会员。

◎汤国元

咏　　枫

影入秋江映日红，经年品惯拂梢风。
几番荣辱浓霜后，犹胜春花几万重。

作者简介：汤国元，南县人，南县诗词家协会会员。

◎ 熊小霞

上五峰山

暑气全消上五峰，浓烟缭绕望苍穹。
浓烟浓到雨将滴，日破云涛见彩虹。

游 后 河

夹岸高山入帝宫，凉风直下暑无踪。
游玩游到尽情处，踏入河心拍丽容。

作者简介：熊小霞，南县人，南县诗词家协会会员。

◎ 刘海鳌

捕 虾 吟

披星戴月沾晨露，涉水齐腰起地笼。
巧捕龙虾装满篓，东升红日沐归翁。

作者简介：刘海鳌，南县人，曾任南县人民检察院副检察长，南县诗词家协会会员。

◎彭　举

深圳有感（二首）

一

此似鲲鹏天上奔，人才聚集活灵魂。
向前速度如飞箭，原是神州第一村。

二

茫茫人海觅生存，进入手游行业门。
耗却十年星与月，如今在此扎深根。

作者简介：彭举，南县籍深圳人，《南洲诗词》诗友。余不详。

◎彭飞跃

同学会有感

梦里常萦中学路，今欣聚会映山红。
手牵逐晓人颜老，语忆方知背渐躬。
阵阵歌声梁绕远，频频举酒泪流同。
挥兹话别春风暖，他日再逢情更融。

作者简介：彭飞跃，湘乡人，《南洲诗词》诗友。余不详。

◎朱　仁

观东胜机器插秧

秧苗铺设下田行，唯有轰鸣机唱声。
转眼千寻呈碧绿，三农助我动诗情。

作者简介：朱仁，南县人，高级农艺师，南县诗词家协会会员。

◎王光华

鹊桥仙·嫦娥三号登月后

星邀玄圃，云绕银汉，昊宇惊天震骇。王母亲洒黄沙道，看酒泉，神州气派。

嫦娥翘首，玉兔引颈，寂寞吴刚亿载。中华又启舜尧天，引世界，新程可待。

作者简介：王光华，南县人，南县诗词家协会会员。

◎薛卫民

新旧农舍

连夜倾盆滴水床,窗摇门晃透风墙。
方囟无奈炊汤灶,独木难支绕燕梁。
改革甘霖滋大地,扶贫雨露泽康庄。
小楼金碧芳林艳,喜气盈庭降瑞祥。

漫步宝塔湖

七级浮屠紫气生,奇花引蝶鹊双鸣。
涟漪碧水鱼欢跃,得意春风柳自萌。
聚友切磋谋鹤寿,邀朋叙旧忆峥嵘。
今朝迈稳逍遥步,他日安康享太平。

作者简介:薛卫民,南县人,电力工作者,南县诗词家协会会员。

◎康铁之

行香子·乡游

夏染湖乡、绿染村房。履轻松,游兴徜徉。新楼栉比,尽沐阳光。有鸡儿欢,鸭儿唱,犬儿汪。

园场果硕,田厢稻旺。运输车,来往繁忙。壮青劳作,翁叟乘凉。正黄瓜熟,冬瓜吊,菜瓜香。

水乡抗洪

连江暴雨若倾盆，恶浪汹涛似马奔。
泽国湖浮河岸溢，洞庭波涌水天浑。
军民浩气筑雄坝，上下丹心保众村。
抗击洪魔无昼夜，党旗猎猎映乾坤。

作者简介：康铁之，南县人，法律工作者，南县诗词家协会会员。

◎彭　静

南洲新貌

南洲新貌胜从前，处处高楼上九天。
五彩云霞如画美，千村稻浪似金渊。
书声朗朗求精学，漫舞翩翩乐晚年。
祖国富强家业旺，党恩洪浩福无边。

作者简介：彭静，南县人，四川省作协会员，南县诗词家协会副秘书长。

◎胡桂芳

浣溪沙·福兴村扶贫

水旱频仍每欠收，百年难得福星留，三农不振使人愁。
立党为民终解困，喜看洼底展新猷，小村愿景更风流。

建党百年颂

南湖举帜诵红词,岁月峥嵘动地诗。
旗缀锤镰摧朽木,纲遵马列植芳枝。
去贫去弱从来急,强国强军只恐迟。
海内升平歌盛世,征程再启复兴时。

作者简介:胡桂芳,南县人,曾任南县经委副主任,南县诗词家协会会员。

◎赵 勇

石 矶 头

北去江涛万古流,窖矶兀自耸枯洲。
和风吹拂江边柳,赤水聆听石上牛。
百里平川铺稻黍,一轮弯月照桑丘。
凭栏极目湖乡景,点点渔帆点点鸥。

作者简介:赵勇,南县人,南县南洲诗词诗友。

◎陈通才

浣溪沙·"一带一路"高峰论坛

带路宏谋万里长,物流世界喜千邦,互利金桥同构建,惠双方。

上下齐心酬壮志，高深合探创辉煌，富国强军民乐泰，凯歌扬。

作者简介：陈通才，新晃人，《南洲诗词》诗友。余不详。

◎郭大平

咏　松

乔姿挥手欲擎天，杆直心红品质坚。
高处险峰承雨露，遥观瀚海变桑田。
云深雾晦竹梅醒，枝密阴浓鹭鹤眠。
叶刺世风常自绿，影筛日月校时偏。

作者简介：郭大平，湖北石首人，《南洲诗词》诗友。余不详。

◎王丹香

鹧鸪天·河堤春行

草木争荣夹岸吟，闲行堤上醉春深。
河流汩汩成天韵，风拂沙沙弄柳琴。
云幻紫，日熔金，鸥盯天镜最痴心。
不知璧月何人洗，一片清明撞入襟。

作者简介：王丹香，湖北石首人，《南洲诗词》诗友。余不详。

◎何　俊

采　春

庭院花开各尽欢，风梳玉柳绿山峦。
绕篱蜂蝶解人意，采撷春华付笔端。

晚　归

日落西山燕入楼，炊烟袅袅绕江洲。
鱼鹰列队昂然立，护卫蓑翁一叶舟。

作者简介：何俊，湖北石首人，《南洲诗词》诗友。余不详。

◎张孝凯

鹧鸪天·乡居

山道弯弯东复西，农家小院枕清溪。
花香阵阵和云馥，林鸟声声入耳啼。
园种菜，垄栽梨。乡居民俗总相宜。
闲来蹭蹭互联网，调侃神仙未足奇。

作者简介：张孝凯，桃江人，《南洲诗词》诗友。余不详。

◎韩白圭

湘江春晓

酥风不是梦边来，春把诗窗早打开。
堤岸已然新草绿，吟笺欲许锦章裁。
千秋文脉延三楚，万里涛声荡九垓。
枝上黄莺频唱起，几分羞赧泛桃腮。

作者简介：韩白圭，湘潭人，《南洲诗词》诗友。余不详。

◎刘剑萍

唤 秋 凉

秋来未许一丝凉，依旧晨昏暑热长。
总欲风临观柳影，尤期雨至立荷塘。
喧嚣帘外为蝉噪，宁静台前是卷香。
待到天高云也淡，江清月近菊花黄。

作者简介：刘剑萍，沅江人，《南洲诗词》诗友。余不详。

◎曹涤环

秋　后

中分暑未央，秋雨渐天凉。
网络吟声远，梧桐落叶黄？
蝉鸣童稚趣，街舞老来狂。
掩映斜阳里，人生梦一场。

作者简介：曹涤环，沅江人，《南洲诗词》诗友。余不详。

◎陈华平

九　都　美

燕剪蜂翔彩蝶忙，桃红李白菜花黄。
村姑对镜清溪月，小伙横琴绿树廊。
雁语声声迎远客，烟波缕缕映霞光。
南洲圣地歌飘荡，曲调悠悠唱水乡。

作者简介：陈华平，华容人，《南洲诗词》诗友。余不详。九都即南县县城旧称。

◎蔡均瑞

寒春游状元湖

环游漫步亦凭栏，亭榭连桥苑道宽。
雨夹寒风微刺面，波推岸石小兴澜。
花容映景依然靓，草色催莺故自欢。
碧水粼粼搜倒影，湖中盛满锦楼盘。

作者简介：蔡均瑞，华容人，《南洲诗词》诗友。余不详。

◎张年斌

春　耕

春风唤醒路边花，布谷催耕水响耙。
手攥朝霞田里走，一肩皓月扛回家。

作者简介：张年斌，湖北石首人，《南洲诗词》诗友。余不详。

◎李艳青

打工者中秋吟

厨房画地似囚牢，节日来时难遁逃。
老主安排开月饼，童王吩咐洗葡萄。
吾尝天下辛酸菜，君品人间富贵糕。
笑问嫦娥何以乐？年年至此叹疲劳。

清 明 忆 君

四月清明悲泪流，忆君犹距万重楼。
君乘白鹤云中去，我对青烟梦里愁。

作者简介：李艳青，南县人，南县诗词家协会会员。

◎林汉钦

中 国 梦

昨日心潮涌梦乡，神州系列访吴刚。
带回月壤红旗舞，游弋蛟龙海底量。
北斗横空齐日月，华为面世乱西方。
通天本事云霄破，国宝神奇远近扬。

作者简介：林汉钦，南县人，南县诗词家协会会员。

◎彭庆京

春日江夜

黄昏望月天中笑，夜色旖旎映彩波。
识得春江无限美，万家灯火赛银河。

惜　秋

芳草青青惹爱怜，拾阶而上水飞泉。
一年最好秋时节，我欲乘风上九天。

静夜有感

江上风来拂，堤杨绿岸边。
浑然融一水，激荡越千年。

作者简介：彭庆京，南县籍人，长于安徽现居重庆，《南洲诗词》诗友。余不详。

◎王建国

重阳节登马峦山

人老悲秋心亦宽，得闲之日自开颜。
天晴雨过重阳节，无限风光惹我攀。

作者简介：王建国，南县人，现居深圳，《南洲诗词》诗友。余不详。

◎胡爱泉

鹧鸪天·采茶姑娘

岭上枝头绽嫩芽，姑娘结伴采春茶。
柔荑碧叶香风软，粉面清歌夕照斜。
花欲语，水无沙，衣云带雾美娇娃。
婷婷袅袅神仙女，步入溪头百姓家。

作者简介：胡爱泉，桃江人，《南洲诗词》诗友。余不详。

◎龙远照

游南县德昌公园

漫步芳园菊正黄，好凭晴日仰忠良。
几多古迹催诗意，无数新词镌苑墙。
银塔云中犹洒脱，绿杨风里却癫狂。
天高气爽添游兴，放棹平湖恋水乡。

作者简介：龙远照，桃江人，《南洲诗词》诗友。余不详。

◎周剑民

秋 日 观 荷

莫道秋来赏景迟，凉风送雨涨荷池。
一泓翠绿天裁就，叶是书笺蕊是诗。

作者简介：周剑民，南县人，曾任南县监察局长、南县人民政府党组成员，南县诗词家协会会员。

◎吴继明

卜算子·春分

昼夜又均分，温度寒增暖。柳绿桃红绮燕翔，山秀花华灿。
快意倍萦怀，风丽开生面。纸鹞游春忙备耕，硕果随初愿。

作者简介：吴继明，南县人，南县诗词家协会会员。

◎贺汉华

还乡应邀访南县电力公司

一番风雨洗轻尘，来作吟坛不速宾。
最是还乡堪乐处，痴翁附雅访高邻。

作者简介：贺汉华，南县人，《南洲诗词》诗友。余不详。

◎俞首成

沁园春·湘北交警

　　湘北南洲，一马平川，坦道纵横。数往来车辆，风尘仆仆；城乡道口，警哨声声。洞察秋毫，严明法纪，整治宣传素质升。抓管控，看徽章闪烁，市井繁荣。

　　长街阔道安平，竟骏马奔驰热汗蒸。渐月沉斗转，丹心耿耿；寒来暑往，铁骨铮铮。气正风清，桥通路畅，箪食壶浆百姓情。舒长笑，乐满城灯火，万户康宁。

踏莎行·元宵之夜游南洲

　　树树珠灯，霞光灿烂，星罗棋布银河瀚。彩虹瀑练耀城空，八仙飘落惊奇叹。

　　滚滚人流，欢欣顾盼，冲天焰火斑斓宴。龙灯花鼓闹蟾宫，依依离去留连汉。

金 色 盾 牌

　　丹心耿耿历征程，无私无畏热血倾。
　　究底寻根驱雾障，扬清激浊扫狰狞。
　　初衷未改为公仆，壮志常怀献赤诚。
　　忘死舍身为社稷，盾牌烁烁伴平生。

作者简介：俞首成，南县人，政法工作者，南县诗词家协会副主席。

第三辑 科技之声

◎文致中

怀念袁隆平院士

披风沐雨下禾田，环绕路边不等闲。
科技解题频反复，选株试验忘归园。
人民温饱存胸臆，世界饥荒免乞怜。
当代稻神多壮志，移来福祉永绵延。

◎张至刚

神七问天

百年奥运梦刚圆，七号神舟又问天。
今日蟾宫我热闹，吴刚欢宴宇航员。

◎涂光明

科技兴农感吟

面朝黄土背朝天，磨砺村夫千百年。
牛换机耕翻沃野，人思巧作育桑田。
书城寻找粮油配，电脑催生虾稻缘。
科技兴农农业旺，高擎美酒敬英贤。

◎陈播雷

满庭芳·访生态庭院户

耸立红楼，沟环四水，橘林桃果清幽。采莲人尽，春色仍长留。鱼跃荷塘骇鸭，大棚里，四季如春，垂杨下，渔娃钓叟，寻梦在南洲。

优悠，重九节，高朋满座，宾主风流，赞嗟美沼池，满酌轻讴。纵有高楼大厦，终不似菊短篱稠。情归处，庭园生态，免去子孙忧。

◎彭佑明

农 机 赞

铁牛耕作过田塍，车辙犹如两道绳。
一系兴农科技策，二拴五谷再丰登。

乘 凉 梦

戴月披星挥汗忙，新推科普育青秧。
农人禾下乘凉梦，好孕田园金稻香。

◎苏山云

占春芳·插秧

秧壮了，田耕毕，布谷几声撩。不忆当年春插，无须拱背弯腰。笔直数行苗，插秧机，不用人操。导航全靠卫星引，北斗功劳。

◎冷国山

正宫·白鹤子·南山生态稻虾第一村

南洲虾稻米，粒粒赛珍珠。虾稻满田园，水映蓝天绿。稻因虾富贵，海外也通衢。虾因稻而肥，捞捕晨曦沐。

◎刘　艳

卜算子·处暑日见人工降雨

一弹入重霄，十里云相聚。化作精灵舞太空，唤出潇潇雨。旱魃驻人间，沃土成焦土。幸有高科人胜天，万物承甘露。

◎徐国光

庆贺神舟三号发射成功

神舟三号绕长空,天上人间一线通。
准确回归惊玉宇,中华科技跃巅峰。

◎罗时立

忆江南·航母颂

  辽宁舰,披彩喜参军。渤海初圆航母梦,神州又筑谢公墩。威武耀乾坤。
  辽宁舰,旗舞锦帆张。统帅赠言交重任,水兵排阵展新装。巡海戍边疆。
  辽宁舰,昂首对东洋。醒眼睁开防盗贼,猎枪端起打豺狼。为国固铜墙。

◎彭中建

智慧农业

乡村振兴好青年，科技创新行在前。
旧式犁锄成展品，智能机械赛神仙。
上联北斗农情晓，下点手机程序编。
稻梦田园何是梦，香鲜虾米网台传。

◎释德和

希望的田野上

农民种地沐春荣，粮税免征产量增。
收割栽秧机械化，旱涝无虑乐清平。

农家乐

遥望平川笼淡烟，安居乐业喜空前。
民楼林立莺歌曲，汗水换来岁稔年。

◎彭阳春

临江仙·老农乐耕

改革大潮新岁月,千军万马奔腾。各行各业凯歌声。农商经贸旺,政策利于民。

善政归心民乐业,春催老树争荣。发家致富乐耕尧。精神尤抖擞,黄金土地生。

◎朱　仁

观东胜机器插秧

秧苗铺设下田行,唯有轰鸣机唱声。
转眼千寻呈碧绿,三农助我动诗情。

◎王光华

鹊桥仙·嫦娥三号登月后

星邀玄圃,云绕银汉,昊宇惊天震骇。王母亲洒黄沙道,看酒泉,神州气派。

嫦娥翘首,玉兔引颈,寂寞吴刚亿载。中华又启舜尧天,引世界,新程可待。

◎刘木兰

参观富硒产品（二首）

一

养在深闺里，外人难识君。
今来观宝地，硒品已成群。

二

花开肥沃处，果满脱贫村。
硒富南洲上，情盈农户门。

◎邓菜香

南歌子·新村远眺

　　村改原由梦，今观更是惊。青苗园圃果蔬藤。漫卷香风高处向欣荣。

　　漫步乡间路，荷塘碧水盈。小桥流水听蛙声。机器代耕桑户享清平。

◎蒋兰英

悼念肝胆外科之父吴孟超

天公哭泣雨涟涟，再世华佗驾鹤仙。
医者仁心民受惠，德声留取好相传。

◎周剑民

悼袁隆平院士

陨落西天一巨勋，谋粮研稻济苍民。
蓬莱此去无多路，化作霞光沐后昆。

◎胡德一

悼袁隆平院士

神农再世育嘉禾，亿万苍生受惠多。
天上行星铭墓志，人间思念化滂沱。

◎肖竹林

金缕曲·悼袁公隆平院士

  稻父魂归去。撼山河，悲声戚戚，泪挥如注。君幼胸怀桑蓬志，根扎田畴瘠土。沥心血，不分寒暑。两系良谋争高产，献终生，为果苍生肚。仓中足，锅中裕。

  天南地北无旁骛，救众生，不分国籍，不分民庶。禾下乘凉多欢意，烟渚收粮无数，问天下，谁能参悟？功盖神农成伟迹，褒懿行，名列行星处。光永耀，环球祚。

◎孙炜剑

人造卫星上天

世界东方射卫星，高歌一曲上天庭。
应羞北极修光秃，当答西方尼老兄。
往日鬼妖空狡诈，今朝尧舜震雷霆。
和平照亮红星轨，唯我神州玉宇清。

第四辑 吟坛唱和

◎冷国山

《南洲诗词》四十年感赋

先贤结社聚南洲，不负韶华四十秋。
瀚墨临风时代洒，诗文把酒直中求。
亦师亦友结朋辈，吟雨吟风献策谋。
水绿天蓝帆正举，明珠唱和轸方遒。

◎苏山云

庆祝南洲诗社成立四十周年

南洲沃土蕴豪情，我社当年应运生。
曲唱和风升鸟翼，词歌瑞雪退虫声。
尧天赋颂千山茂，舜日诗吟万水荣。
四秋从来恒抖擞，今朝再向远方行。

◎周见昆

秋波媚·贺南县诗协四十周年

吟帜高扬炫芳州,文苑共诗侪。书山采玉,儒林折桂,竞唱风流。

骚风荡漾槐阴路,遣兴尽情讴。环川流韵,文昌添彩,再写春秋。

◎冯忠祥

浣溪沙·赞《南洲诗词》暨向南县诗协成立四十周年献礼

美酒琼浆育德才,风光无限匠心裁,新征助阵亮金牌。
雅韵华章增品味,名师后秀展情怀。百花争艳向阳开。

◎段乐三

玉蝴蝶·《南洲诗词》四十年有记

围湖生造农田,南县百多年。四十载吟笺,君来是哪天?
诗词无杜撰,同好互情牵。辛苦办期刊,总能群品鲜!

◎李三光

南县诗词家协会成立四十周年有感

春风春雨毓奇葩,远近闻名大众夸。
四十年来如一日,南洲无处不飞花。

◎彭佑明

祝贺南县诗词家协会成立四十周年

文脉长河流不尽,南洲沃野百花栽。
先贤挥手征帆挂,后辈操桡激浪回。
日月迎头歌以锦,雨风扑面笑如梅。
春秋硕果诗坛艳,继往开来号角催!

◎涂光明

沁园春·诗路

鱼米之乡,百里芳颜,驻足柳前。赏沱江岸畔,吟声朗朗。太阳山下,诗意绵绵。白发挥毫,青丝研墨,竟把平平仄仄传。精筹划,借咏坛读本,搜律谋篇。

南洲一众先贤，引四海骚人追梦圆。有李家作客，磋商立意；张公解困，聊寄书笺。教职农工，庶民学者，互助同心唱大千。谁能忘，历峥嵘岁月，四十华年。

◎黄曼妮

贺南县诗词家协会成立四十周年

四秩耕耘暮与朝，芬芳满苑锦笺描。
采风处处吟金句，追梦时时逐浪潮。
笔炼琼花声韵合，弦操雅格德馨飘。
南洲盛会贤才集，一路高歌入碧霄。

◎刘　艳

临江仙·贺南洲诗社成立四十周年

诗种宋田堪入史，凝眸硕果累累。群贤结社壮心齐。南洲扬国粹，风物尽成诗。
卅载倾情频探索，神交李杜先师。新苗茁壮更相期。高歌吟盛世，思古韵新题。

◎康铁之

热烈祝贺南县诗词家协会成立四十周年

百花吐艳凯歌鸣，南县诗协凸显荣。
域内墨卿夸盛世，周边文友赞精英。
平台何止能圆梦，阅客方今可满城。
佳作频传赢冠首，四秩词赋正年轻。

◎汤国元

贺南洲诗社四十周年庆

南诗立社久经年，诸子逢时结墨缘。
韵海扬帆师杜甫，骚坛炼句效诗仙。
前贤奋把吟旌树，继者宜将凤梦圆。
李艳桃妍春意闹，来人奋勇续新篇。

◎孙炜剑

贺南县诗协成立暨《南洲诗词》创刊四十周年

南洲景物誉湖湘，结社殊功不可忘。
卅载骚坛弘雅道，百期诗集唱新光。
防瘟禁毒高怀显，赞义祛邪正气扬。
深入民间留足迹，吟鞭指处尽华章。

◎刘丰春

蝶恋花·贺南县诗词家协会成立四十周年

树帜南洲弘正气。粹苑精英，续写新诗集。古韵今音歌耳际，怡然咏颂明时丽。

不惑年华灵兔逸。墨客骚人，默默含情意。国粹传承今胜昔，豪情满满风雷激。

◎周卫平

贺南洲诗社成立四十周年

结社南洲庆卌年，吟坛一帜映湖天。
敲诗每洒忧民泪，沥胆长书济世篇。
拓手续荣芹藻盛，展猷同砺栋梁坚。
洞庭风正征帆远，圣代清歌入管弦。

◎周守虎

贺南洲诗社成立四十周年

南洲种玉聚诗家，俊彩星驰笔有花。
浩浩才情盈碧水，绵绵佳作唱红霞。
百期经典云留影，四秩辉煌日吐华。
唤醒唐风寻宋韵，邀来大梦任君赊。

◎鲍寿康

贺南洲诗社成立四十周年

沅江南县水波连，虹接飞车不用船。
文气联成云梦笔，赤沙淘尽郢城篇。
九都山上花亲面，松子亭边浪拍天。
李杜复来当刮目，四旬大庆慕今贤。

◎黄有为

贺南洲诗社成立四十周年

帜举诗坛四十年，勤耕学道率时先。
雄风染绿南茅水，劲笔摇红赤县天。
几度交深成挚友，千朋诗好仰丹颜。
九都一傲人峰峻，再捧南洲种梦篇。

◎曹涤环

贺南洲诗社成立四十周年

吟帜高张四十年，如斯盛况喜空前。
韵随雅事心声远，谊结诗坛咏律先。
曲奏和弦红日下，情怀家国白云边。
南洲只共初衷与，裁剪芳菲入锦笺。

◎黄德容

贺南洲诗社成立四十周年

神州何处奏笙箫？仙乐悠悠赋楚骚。
宝塔湖中诗浪滚，桂花山上韵旗飘。
高歌盛世文明曲，共唱春天幸福谣。
再创辉煌迎不惑，风华正茂更妖娆。

◎王有仁

贺南洲诗社成立四十周年

吟诗度曲有人传,树帜南洲正卌年。
悟透心声追李杜,探寻奥赜索源泉。
高华气韵声鸿畅,遒爽风规骨劲坚。
莫使西风侵国粹,骚坛依旧赖明贤。

◎张万豪

贺南洲诗社成立四十周年

吟坛举帜卌周年,使命初心扛在肩。
耕种韵田传四海,讴歌盛世景无边。
和衷共济沐春色,结友联盟筑梦圆。
播洒文明齐进发,三湘四水起波澜。

◎何希伟

贺南洲诗社成立四十周年

南县诗词贯秀河,沉思翰藻图画多。
乘舟共泛三江水,引吭同吟一首歌。
文苑花妍惊俗眼,欢声曲奏剑新磨。
频添宝墨金轮月,四十年华万顷波。

◎蔡天健

贺南洲诗社成立四十周年

弄潮树帜九都城,老凤新雏雅韵生。
绝唱田头歌盛世,华章垅上状文明。
承唐继宋酬宏愿,富国强军唱大风。
不惑耕耘收获季,吟旌策马再兼程。

◎唐发军

贺南洲诗社成立四十周年

韵海翻波四十年，纤纤锦句润吟笺。
悠悠岁月开新页，卷卷宏文谱美篇。
郊外雪，水中莲。南洲百里月长圆。
扬帆奋勇追春梦，不尽江潮永向前。

◎何庆华

贺南洲诗社成立四十周年

南县吟坛不惑天，百花齐放庆嘉年。
朋俦有贺诗中乐，友协同荣笔下鲜。
好趁东风歌盛事，敢邀孺子舞翩跹。
洞庭波涌潇湘韵，尽是苏辛李杜篇。

◎郭华浩

贺南洲诗社成立四十周年

传承树帜聚才贤,啸傲吟坛四十年。
竭尽心思弘国粹,精耕细作种诗田。
清词丽句书天地,玉振金声咏岫川。
笔动龙腾讴社稷,遏云雅韵众心牵。

◎刘仕清

贺南洲诗社成立四十周年

骀荡东风捲旆红,春秋卌载砺殊功。
鸥盟翼证海天阔,世纪人欣事业丰。
尧令斯民歌击壤,国腾瑞雨舞飞龙。
南洲是日饶诗咏,桂馥兰馨郁韵浓。

◎吴开君

临江仙·贺南洲诗社成立四十周年

笔贯明山紫气，笺滋沱水银涛。桂花树下聚诗豪。扬清情似火，贬弊句如刀。

四十春秋导向，九都古韵新潮。白云边上誉声高。风骚唐宋继，文彩汗青标。

◎徐德纯

贺南洲诗社成立四十周年

韵河流响映风亭，紫燕传书字字馨。
一面难忘三友寿，重帏犹忆满湖腥。
淘沙浪底争豪气，比翼蓝天颂将星。
我赋南洲逾卅载，鸥盟同路越千龄。

◎曾敢想

破阵子·贺南县诗协成立暨《南洲诗词》创刊四十周年

　　四十年来树帜，三千里外扬名。诗界龙城飞将在，河坝桐花雏凤清。雄风撼洞庭。

　　武圣更加诗圣，月明长照山明。拔浪湖中春水涌，华阁登临树色青。南洲唱晓晴。

◎刘保生

热烈祝贺南洲诗社成立四十周年

　　风雨兼程四十年，高吟浅唱韵三千。
　　传承国粹恢宏志，缔造诗乡不朽篇。
　　社结南洲同筑梦，情倾厂窖共裁笺。
　　欣逢寿诞称觞日，奋力骚坛乐比肩。

◎郭再仙

临江仙·贺南洲诗社成立四十周年

百里洞庭波渺渺,涛声和韵南洲,吟旗猎猎未曾休,辛勤传国学,风雨卌春秋。

前浪依依牵后浪,源源不断长流,人才辈辈愿同酬。但祈鹏翼展,直上最高楼。

◎刘星辉

贺南县诗词家协会成立四十周年

久有文光灿碧霄,南洲好听洞庭潮。
华章每咏三湘月,妙手时弹九曲韶。
卌载吟坛圆旧梦,几曾花海弄生绡。
欣闻此处骚风起,汇入云笺便是涛。

◎李建云

浣溪沙·贺南洲诗社成立四十周年

翘望洞庭羡一家,南州廖廓气清嘉。诗墙耸矗映云霞。
卌载耕耘名远播,群英荟萃笔生花。唐风宋韵颂昌遐。

◎徐逢春

西江月·南洲诗社四十年

洗马桥头结社,东堤巷尾开篇。崇文尚义聚乡贤,书写洞庭长卷。

雅和情怀澹荡,漫吟风月无边。为公施政为民言,楚韵吴风扑面。

◎黄耀南

南洲诗社四十年庆

南楚先民拓宋田,洲兴世纪有雄篇。
诗融号子黎元乐,社赋秋华翰牍延。
四海承风追国梦,十方胜景醉词仙。
年赊雅韵西湖水,庆历忧思步古贤。

◎周剑民

贺南县诗词家协会成立四十周年

播种耕耘四十年，滋兰润蕙百花妍。
南洲沃土逢时雨，诗苑词坛留史篇。

◎蒋兰英

贺南洲诗社成立四十周年

高举吟旌四十年，辛勤浇灌百花妍。
春风有意云邀客，晓月含情霞入篇。
搜韵悠悠犹玉液，赠言恳恳若清泉。
弘扬国粹传经典，滚滚诗潮总向前。

◎刘海鳌

贺《南洲诗词》创刊四十周年

前行砥砺铸辉煌，笔润南洲翰墨香。
雅俗共荣传国粹，图文并茂载华章。
骚人吟友诗篇好，宋雨唐风古韵扬。
字字珠玑皆绝妙，期期精彩耀三湘。

◎陈　成

贺《南洲诗词》创刊四十周年

星火相承四十年，吟坛鼎盛蕴清妍。
弘扬国粹养高雅，传播正能歌俊贤。
服务城乡通地气，振兴经济撰新篇。
采风虾稻赋诗励，畅饮归来特产宣。

（"归来"指湖南南洲酒业公司最近推出的新品牌酒"南洲归来"。）

◎邓莱香

鹧鸪天·贺南洲诗社成立四十周年

屹立南洲一劲松，枝繁叶茂接云峰。泉声远近招银凤，日色参差卧玉龙。

风可挡，雨能冲。欣然自若大千中，生生不息春常在，卌载延年色更浓。

◎彭中建

贺南县诗词家协会成立四十周年

相同志趣笔耕田，春种秋收百果全。
卌载诗词留雅韵，自当纪念续新篇。

◎刘明汉

恭贺南县诗词家协会成立四十周年

诗社欣逢不惑年，吟朋荟萃笑声喧。
端杯细数前行路，步步高攀步步艰。

◎孟 敏

七律·贺南洲诗社成立四十周年

鼓帆诗海聚群贤，妙笔耕耘四十年。
泼墨填词描秀色，轻吟雅韵奏琴弦。
骚坛溢彩春光绚，宏卷生辉锦绣妍。
艺术传承歌盛世，弘扬国粹定当先。

◎吴继明

鹧鸪天·庆祝南洲诗社成立四十周年

诗社南洲四十年，辉煌与我有微缘。儒师指导顿开悟，吟友诠评多笑颜。

教平仄，慕先贤。神游华夏郢城篇。春风化雨歌明世，润物无声有浚源。

◎李艳青

贺南洲诗社成立四十周年

南洲妙笔趣无穷,咏赋填词沐古风。
四十春秋吟四海,与时俱进再称雄。

◎张怀玉

破阵子·纪念《南洲诗词》创刊四十周年

　　热血满腔办社,豪情壮志投缘。教化人文滋雨露,锤炼诗词推圣贤。非凡四十年。
　　启后承前接力,鼎新革故谋篇。再著精华歌盛世,重塑辉煌勇作鞭。风帆悬九天。

◎游利华

我歌诗协四十年

闲来涉趣学吟哦,问渡痴迷孔子河。
感咏南洲新意少,抒怀俗调整言多。
新雏幸得方家引,老凤无私鼓点呵。
雨后春苗千垄绿,卌年诗协起高歌。

满江红·贺南洲诗社四十周年

继宋承唐，扬国粹，南洲诗协。新时代，吟旌高举，亮开新页。四十年华风共雨，众多诗友心和血。惠风和，老凤抚新雏，传光热。

沱江诵，风骚摄；诗言志，民怡悦。托诗词歌赋，九州连结。虾稻南洲名片县，罗文梦景花海节。看运河，华夏一枝春，追南粤。

◎萧竹林

贺南洲诗社成立四十周年

诗坛垂卅载，笔底彩虹收。
吟友风云集，律音平仄谋。
文田同切磋，学海共寻幽。
助阵功勋立，明珠耀九洲。

◎向国葆

《南洲诗词》创刊四十年小贺

九都山下辟泉河，四十年来心淌过。
滚滚急湍淘恶腐，涓涓细水润田禾。
浪花唱出青春妹，涛语耽吟儒雅哥。
阅尽千帆成过往，川流不息续新歌。

◎朱　仁

贺南洲诗社成立四十周年

固守骚坛四十年，耕耘热土万千天。
苏辛脉续古今论，李杜魂萦国事牵。
共沐阳光生玉露，同将梦想筑蓝田。
初心不改歌仁政，助力南洲永向前。

◎胡桂芳

贺南洲诗社成立四十周年

结社南洲四十春，文坛盛事一时新。
诗词雅韵抒胸臆，独领风骚赞语频。

◎万迪祥

贺南洲诗词创刊四十周年

协同社会作尖兵，四十年来举大旌。
亦与扫黄悬利剑，能为缉毒发高声。
金言良苦潜心意，玉律风雷挟战情。
传统诗词频接力，南洲健笔续歌荣。

◎欧国华

贺《南洲诗词》创刊四十周年

南洲墨宝香，四秩奏辉煌。
细雨新刊灿，清风古韵扬。
灌滋花艳美，耕种果金黄。
盛事敲平仄，精心再彩章。

◎胡文俊

贺南县诗协成立四十周年

灿烂辉煌四十春，唐风宋韵味浓醇。
山花海树常描景，诗酒田园每颂民。
替政发声歌社会，为乡亮嗓唱湖滨。
文坛誉满扬名远，翰墨飘香美绝伦。

◎蒋文卫

纪念南洲诗社成立四十周年

物华天宝百花妍，宋韵唐风四十年。
才子挥毫抒襟抱，佳人泼墨咏山川。
但求旧赋添闲趣，何望新章斟酱盐。
绿水长流人未老，庙堂之远慕遗贤。

◎薛卫民

纪念南洲诗社成立四十周年

创刊卌载正华年,墨客如云写大千。
绿水青山吟雅韵,清风明月入香笺。
弘扬正气刊魂健,主导文风旗帜鲜。
历届精英勤灌注,百花怒放映蓝天。

◎老　默

贺《南洲诗词》创刊四十年

禹甸文明一脉传,南洲诗社正华年。
词新咏唱山河秀,韵古讴歌尧舜天。
群内雍容勤练笔,刊中儒雅苦谋篇。
欢欣李杜遗风聚,教化湖乡逐梦圆。

◎胡德一

赞《南洲诗词》

诗苑聚群贤,煌煌四十年。
讴歌新岁月,赞颂美山川。
岂有消沉句,颇多奋进篇。
期刊彰特色,至味胜湖鲜。

◎彭 飞

定风波·贺南洲诗社成立四十周年

卅一年前血气刚,不知地厚负诗囊。昂首南洲传尺素,回赋,羞磨石砚向东窗。

纸上群贤寒暑问,微鬓,才扶拙笔傍华章。思想包容如日耀,齐眺,青丝皓首赞湖乡。

◎周铁军

贺《南洲诗词》创刊四十周年

南洲刊物一吟旌,卅载风华举座惊。
汉赋楚辞抒雅意,唐风宋韵发豪情。
墨浓泼向家乡业,彩重描于百卉英。
继往开来传国粹,初心不改发民声。

◎刘木兰

贺南县诗协成立四十年

会员诗友频来去,欢笑卅年弹指间。
生活采风同浴日,诗词赋顶共攀登。

◎陈　俊

贺南县诗词家协会四十大庆

创立诗园四十年，日新月异喜空前。
弘扬国粹流千古，翰墨飘香海外传。

◎龙远照

恭祝南县诗词家协会成立四十周年

举帜南洲四十年，唐音宋韵响蓝天。
洞庭潮涌推时彦，衡岳云浮缀锦笺。
屡拾兰亭风雅笔，常吟菊圃性灵篇。
当今大誉扬湘楚，美酒瑶章引谪仙。

◎洪　英

感恩《南洲诗词》

诸君引入门，平仄共文心。
蒙悟诗天地，灵魂日月吟。

第五辑 湘韵湘情

我与诗词结善缘

◎文致中

1950年,我刚进入宁乡县鹅山中学读初中,一天忽然来了一队解放军,动员学生入伍参加"抗美援朝"。到12月份确定了名单,我兴高采烈地唱着"雄纠纠,气昂昂"的歌,加入了部队。1951年,因朝鲜停战转业,经过省农业厅简单培训,被分配到南县农林局担任农业技术员。此后,我当过农民,做过营业员。几经坎坷,又回到公务员队伍。直到1999年9月,65岁时退休。

2000年,我去北京看望年迈的父亲文强。那时他还在全国政协工作。他要我回县时,带回一大箱诗稿和日记,要我借退休有空,替他将诗稿和日记中写下的诗文挑选整理,以待时机出版。我这个读书不多,对诗词更是一窍不通的"门外汉",怎么能完成如此艰巨的任务?转念一想,何不趁此机会,学习如何写格律诗,不是一举两得吗?于是先找几位诗友商量,又去请来吴毅夫、陈迪生、陈庆先等几位编写《南洲诗词》的老前辈、老社长出马,每天上午到我家中"上班"。共用了两个多月时间,终于审校、挑选出了4000多首诗、词、联、对。我也一直陪同左右学习,收获颇丰。不但增长了知识,还领略了我国格律诗词的绚丽多彩。当我把挑选出的诗稿交给父亲审阅后,他非常满意,嘱我要向《南洲诗词》诗友和负责审校的老先生们表达他的谢意。

就这样,我也在不知不觉中踏进了这扇圣贤之门。以后,我被诗友代表推举加入了领导班子。为了跟上形势,除了认真诵读诗书，还从学习写诗入手，经常向诗友们讨教，与诗友们一同采风，寻找写诗的素材。同时常与诗友们商讨《南洲诗词》如何发展下去。如以前的刊物太小，纸质差，版面古板；也有人提出要恢复竖写，反对弄得花里胡哨等。经过讨论，我们统一了认识。从2006年开始，版面逐渐扩大，数量增加，内容丰富多彩，添加了新诗、图片、书画等专题，既保持了传承，又增添了新颖，开了湖南诗词刊物改版之先河，受到广泛的赞扬。

《南洲诗词》从开始32开的石印、油印到现在的16开彩印，走过了艰辛的四十年。回忆这段历史，既有老一辈诗友的呕心沥血，又有新诗友的拥戴和参与，更有历届县委、政府领导及各机关部门的爱护和支持，促使了《南洲诗词》这颗"湘北明珠"不懈地放出熠熠光芒，成了南县一张耀眼的名片。

如今我已年近九旬，精力大不如前，更自知学识浅薄，早已退出诗社高层。但我仍十分钟爱格律诗词，尚能常看诗友们的杰作，也能偶尔写些小诗篇。人生老去，越感孤独，记忆、健康会在放慢的岁月中被稀释。但我坚信：在与诗词为伴的日子里，会找到温暖和安慰，带来信心和乐趣。

2022年6月29日

作者简介：文致中，望城人，长期在南县工作，曾任南县人民政府副县长，益阳市政协副主席，著有诗集《致中吟稿》。

点赞四十春　风雅溢洞庭

——庆祝南县诗词家协会成立四十周年

◎李繁荣

　　和煦的阳光普照大地，秋日的空气送来阵阵鱼米荷莲的飘香。今天，我们怀着喜悦的心情，迎来南县诗词家协会四十周年庆典。

　　四十年是一段漫长而辉煌的历史，她凝聚着一届又一届创始传承人的心血与智慧，努力与辛勤。四十年的运作，培养造就了一批一批酷爱诗词的写作精英，她们在湘楚大地上，浩瀚洞庭边绽放出一朵一朵绚丽的鲜花。

　　与时俱进，讴歌人民，书写时代，颂扬英雄，传承经典，传播正能量，是南县诗词家协会的宗旨。正因为如此，使得这个团体具有强盛的生命力，具有坚定的政治方向。

　　南县诗词家协会自成立以来，即坚持"两为"方针，自力更生办会刊。协会一班人不为名，不为利，四方求索，苦心耕耘，利用《南洲诗词》为广大诗友提供创作平台，打造中华传统文化园地。

　　古体新诗，南北风格，城市农村、官场百姓、新闻轶事等，都成为诗友创作的根基与源泉。

　　红色旅游，现场采风，交流探索，技艺切磋，成为诗词创作的方法。

　　诗言志，抒怀人生，自娱自乐，强身健脑，永葆青春。南县诗词家协会已成为广大文学爱好者的精神家园。今天，从耄耋老人至中青少年，从男士豪杰到巾帼英雄，都在这个大家庭里倍感温暖。

诗词歌赋是中华文化的重要组成部分，是中华文明中一颗璀璨的瑰宝明珠，几千年来她像星星一样洒满人间，她像阳光雨露滋润万物，给人们温暖的心灵以甘甜，千古传承、万代教诲，展示出人类发展进步与兴衰，描绘出人们劳动、生活，向往与追求的心声，揭示出一切社会运动规律和真善美与假丑恶。

在诗词的汪洋大海里，在艺术的升华颠峰上，在广阔无垠的田原里，在新时代嘹亮的号角声中，衷心期盼南县诗词家协会发展得更快，办得更活，走得更远，旗帜更艳。最后，我为广大诗友献上一首心灵的感悟。

诗韵南洲四十年，吟山唱水写春天。你追我赶不停步，阵阵和音代代传。

作者简介：李繁荣，南县人，曾任南县人民武装部政委，南县人民政府副县长，现为南县诗词家协会荣誉主席。

风雨兼程四十秋

◎涂光明

　　岁月，沉淀着时光，流逝着人生。一回眸，便是一处风景；一转身，就有一个光阴的故事。在江南水乡，就有一个敲词追韵的团体，名叫南洲诗社。随着他的成长，其芳名亦融入中华社团大军的洪流之中，随后更名为南县诗词家协会。这个团体以诗为乐，以诗会友。在诗路上一晃走过四十个春秋，留下一串串诗词光阴的故事。

　　四十年前，1983年的春天，几位退休教师坐在一起，品茶之余，聊开了诗词创作。真个是"逐浪推波几楚狂，濯星浣月韵沧桑。"一杯清茶，洗刷了满腹愁闷。几番酌句，吟出了洞庭柔情。诗兴即来，于是有人提议，何不成立一个社团组织，把传统诗词的创作与交流行动起来。

　　说干就干，当时的陈定国、林植景等人力推南县一中校长沈于之为社长，成立了南县历史上第一个诗词创作交流的群团组织。第一届的会员共计30余人。

　　小荷才露尖尖角。南洲诗社在这些爱好诗词的先驱前辈的运作下，像一股清风，吹遍了南洲大地。为了传播传统诗词，南洲诗社决定创办一个刊物，作为诗词平台，培养更多的诗词爱好者。经诗社理事会讨论，这个刊物就叫《南洲诗稿》。

　　南洲，是洞庭湖中站立起来的一片芳洲。她虽然建置历史不长，却仍蕴含着深厚的文化底蕴。这里的人来自五湖四海。为这片沃土的开发，用勤劳的双手筑堤围垸，种粮种棉，将这片沃土改造成鱼米之乡。

四方移民的聚集，带来了各地的文化，形成了心胸开阔、勇于拼搏的性格，这些人也被誉为洞庭湖平原的犹太人。这些人在水中成长，形成了在水中发展、开拓进取的湖乡文化特色。就连诗词创作也离不开水的风韵，水的力量。

　　李白曾经这样描写洞庭湖"修蛇横洞庭，吞象临海岛"。杜甫也曾为洞庭湖留下"龙蛟室围青草，龙堆拥白沙"的诗句。还有历代名人亦在此留下不少优美的诗句。

　　《南洲诗稿》就成了传统优美诗词的载体。这个载体犹如奇葩香草，在南洲大放异彩。

　　鲁迅说过，世上本无路，走的人多了，自然就形成了路。创刊初期，《南洲诗稿》既无办公场所，亦无资金。怎么办？理事会的成员碰头时，轮流到各家议事用餐。沈于之校长及政府办主任吴毅夫主动出资，购买纸张，县文化馆的杨亮于等青年利用业余时间刻写钢板，油印出第一期《南洲诗稿》，一个文化新生命就这样诞生了。

　　这份油印刊物，后更名《南洲诗词》。之后传到了曾任南县县委副书记的离休老干部万迁手中。万老为南县诗词爱好的勤奋精神所感动，不但慷慨解囊，还亲笔书写《南洲诗词》四个大字，作为刊名，一直沿用至今。

　　南县诗词家协会经历了十二届。这些人，把诗词创作当成运动场上的接力赛，一棒一棒地往下传承。他们没有报酬，不计得失。为《南洲诗词》默默耕耘，至今已创办132期，先后收到全国各地以及海外诗友的稿件近十万件，其中《南洲诗词》刊用五万余首。这些诗作中，有的歌颂祖国的大好河山，有的传承人际交往的美德，更多的是畅叙新中国翻天覆地的变化，无不充满正能量。

　　进入新时代，南县诗词家协会及其创办的刊物，得到了当地党和政府的关爱，也得到了社会各界支持，南县的诗词创作生机勃勃、充满朝气。

　　为庆祝南县诗词家协会成立四十周年，特编辑《诗韵南洲》

一书，旨在学习诗词前辈的优良传统，把诗词之美一代代传承下去。本次收录的诗作，均从《南洲诗词》已刊发的诗词中提选，供诗友们鉴赏。

岁月不居，时节如流，祝愿南县诗词家协会在文艺百花园中容颜不老，花开四季。

南县诗词家协会的明天，一定像不尽的长江水，汇入中华文化的海洋，永放光芒。

让我为这朵诗苑奇葩献上《诗恋》一首，以飨读者。

沐雨经霜四十秋，吟坛艺苑竞鳌头。
春描天下云遮月，夏赋人间水载舟。
楚韵湘音飞异域，唐风宋品落芳丘。
骚园汇聚千千恋，不尽诗潮滚滚流。

作者简介：涂光明，南县人，曾任南县人民政府办公室副主任、南洲诗社社长、南县诗词家协会主席，现为南县诗词家协会顾问。

湘楚风韵润南洲

——读涂光明先生主编的《南洲和韵》

◎彭佑明

字句光辉闪，情播故土春。

和谐传万古，来者共诗心。

《南洲和韵》（中华诗词出版社2009年9月出版），是由洞庭湖畔南县南洲诗社（今南县诗词家协会前身）社长涂光明先生主编的。他满怀热情，采取报刊摘编和作者自荐的办法，倾注心血，辛辛苦苦地从案头盈尺的《南洲诗词》社刊中选编了《南洲和韵》诗词精选集。这本集子选录古今诗人歌颂南洲地域风情的各类诗词400余首，分为五个部分：水乡风采、热土萦怀、沧桑巨变、情系中华和奋斗不息。这些作品反映了数千年来南县这块地域的风土人情和沧桑巨变，特别是歌颂了南县自1949年以来的深刻变化和崭新面貌，给读者一种精神享受和慰藉，是非常难得的。特别是在湘楚文化浸润中，保持了南洲诗词的承继和创新，更是值得称道的！

"湘楚文化，是湖南区域文化的总称。"湘楚文化，有着久远的历史渊源和深邃内涵。《诗经》是我国上古社会五百多年漫长历史的真实写照，真实地表达了人民的思想感情，具有现实主义的优良传统；而由于屈原流寓沅湘，辞赋首开湖南文学风气，基于爱国忧民的思想情感和内美修能的操守品格，表现出了一种强烈的以天下为己任、为民造福的献身精神和热爱祖国、心系故里·关注民生的责任意识，从而在现实主义的基础上创造了浪漫主义。《诗经》和《楚辞》风骚并举,现实主义和浪漫主义的两大渊源。而《南洲和韵》,正是继承和发扬了我国诗歌的优良传统,使之富有三种特色。

一是《南洲和韵》的地域风情特色。《南洲和韵》充满了独具而鲜明的湘楚文化地域风情,它没有局限于自然条件,而更体现了历史因袭的人文环境的浸润濡养。至今,我们所能看到的歌颂脚下这片热土的古人诗句,便是汉代建安七子之一的王粲"悠悠澹澧口,下会赤沙湖"了。我们脚下的这片土地,自春秋至先秦,属古云梦泽。汉代时为孱陵县地。当时赤沙湖畔是绵连的山丘,如今被称之为九都山、明山、太阳山等。梁时澧州作唐(今安乡)人阴铿游赤砂亭(即今赤松亭)后,作《赋咏得神仙》:"罗浮银是殿,瀛洲玉作堂。朝游云暂起,夕饵菊恒香。聊持履成燕,戏以石为羊。洪崖与松子,乘羽就周王。"建立在水稻农业基础上的南方湘楚文化,因突显道家文化而著称。道学留连山林,注重人与自然的和谐,信巫好祠、崇尚自然而耽于幻想。"北方重辨证,南方重遐想","中原重礼信,荆楚重情感"。阴铿游览赤砂亭后所作的诗句,就是鲜明的写照。李白在避乱洞庭时,曾写下:"水穷三苗国,地窄三湘道⋯日隐西赤沙,月明东城草⋯",唐乾元二年(759)8月,襄州守将康楚元、张嘉延叛唐,张攻破荆州。诗人希望迅速平定叛乱,好过平安的生活。于是在洞庭湖畔,诗人忧国忧民,歌颂平乱,写下了这篇《荆州贼平,临洞庭言怀》之作,其放眼赤沙,心中腾起一缕喜悦之情。杜甫在《过洞庭湖》诗中写道:"蛟室围青草,龙堆拥白沙。护堤盘古木,迎棹舞神鸦。破浪南风正,收帆畏日斜。云山千万叠,底处上仙槎。"看,湖上正南风吹送着杜老夫子的木船,由青草湖白沙起向北面的傅家矶神鸦庙(今南洲镇南山村)进发。浩淼的湖水,与远天边际融为一体,一叶轻舟在神鸦迎舞中飘进,好一幅泛舟图画!唐刘长卿《赤沙湖》:"茫茫葭菼外,一望一沾衣。秋水连天阔,浔阳何处归,沙鸥积暮雪,川日动寒晖。楚客来相问,孤舟泊钓矶。"为我们描画了一幅唐时的故园秋光图景。宋代陈与义《泊宋田遇厉风作》："逐队避狂寇，湖中可盘嬉。泊舟宋田港，俯仰看云移……五月念貂裘，竟生薄暮悲。萧萧不自畅，耿耿独题诗。"诗人避难来傅家矶处宋田港，还遇到了三天的霏霏雨，在这里使诗人对社会对人生产生无限思索："多少人间事，天涯醒又醒。"姜夔的《昔游诗》："洞庭八百里，玉盘盛水银。长虹忽照影，大哉五色轮。我舟渡其中，晃晃惊我神。朝发黄陵祠，暮至赤沙曲……青芦望不尽，明月耿如烛。湾湾无人家，只就芦花宿。"诗人忆记曾朝从湘阴黄陵庙出发，而暮至赤沙岸畔，沐浴着一轮明月的清晖，聊在芦边野宿。黎存明是明代湖广华容九都人，算是我们的老乡，他写家乡的《赤亭遗址》道："往迹仙亭古，徘徊天路间。鼎炉长夜别，风月几时还。秋草黄如石，春城白有鹇。景从唯汉相，辟谷素书艰。"诗人思绪如浪潮翻涌，回顾张良辟谷曾创此家乡赤亭（赤松亭旧名），而世事茫茫，空留遗迹。以上诸如此类的诗词，比比皆是，凸显了南洲千古的浓郁地方特色。

  二是《南洲和韵》的承继创新特色。屈原是长期流放江南，辗转于沅湘各地，他创作了不朽诗篇，从而也成了湖南文学的发轫人和奠基者。南县的绝大片土地是在唐宋时被洞庭湖水淹没，又在明代后被江水泥沙逐渐淤积起来的。清代文人张明先写的《南平春霁》："南天日日雨霏微，忽睹晴光百草晖。洼地二耘无卤莽，平田一望尽芳菲。晚风气谒牛羊下，春水波生鲤鳜肥。好子趋时南亩馌，草堂清昼掩柴扉。"诗人将南平村（今南县北河口一带）的景色描画在我们的眼前，体现了湘楚民族"筚路蓝缕，以启山林"的创业精神。这片热土繁衍着勤劳的人民，渗透着一种精神气韵。段九成《题大同花圃》："我爱洞庭六十年，君山以外又花田。赤松亭畔随渔唱，绿柳堤前系画船。菊酒连天留过客，香风满座醉群贤。凭弹流水情何已，再结湖乡一段缘"，诗人是何等的热爱着自己的家园。程奎翰《冬日野望》："岩枯水落冻云稠，平野萧条一望收。几处炊烟村舍晚，谁家帘影夕阳留。危旌满眼逢衰乱，长路关心动客愁。地老天荒何所以，飘飘浩浪一沙鹏"，展现的是国运衰微时的家园悲景。而赵海鹏《傅家圻八景诗》中的"绿野炊烟"诗："半近山城半水乡，四围杨柳与柔桑。西畴一郭炊烟起，十里人家麦饭香"，及诗人们写的（疏溪十景）中的"菱波秋泛"："双双罗袜到凌波，采得红菱各几何？秋老紫包香在手，归船满载笑声多"，都又是另一重湖辟田园情景。特别是万迁的一组回乡诗、刘亚南的《赞八百弓公社》、沈于之的《欢庆十六大》、张至刚的《赞茅草街大桥通车》、段心禹的《浪淘沙》、段乐三的《忆竹林堂》、余楚怡的《春日南茅运河》、李劲武的《摸鱼儿》、吴毅夫的《陈家岭抗洪》、陈迪生的《一剪梅》、肖正民的《走进水乡》、俞首成的《南洲春意浓》等等，在《水乡风采》这一辑中的诗词，更是体现了南洲人承继创新的丰硕成果。而《热土萦怀》这一辑中杨汇泉的《定风波》、孔惠农的《纪念建县110周年》、文强的《应邀参加南县建县百周年》、姚长龄的《寻舵杆洲石台遗址》、文致中的《保护神》、涂光明的《玫瑰》和《南洲英杰》、唐乐之的《有感》、刘曙光的《蝶念花》、彭棣华的《一剪梅》、陈云祥的《满庭芳》，周光应的《卜算子》等诗歌，更是赞颂了生养我们的这片热土。南洲人继承了湘楚民族的创业精神，以天下为己任、为人民造福、心系故里，关注民生。同时在《沧桑巨变》这一辑中，刘立炎的《浣溪沙》、涂光明的《农友之家》、何绍连的《田歌》、刘金榜的《农家行》、彭佑明的《自度曲》等诗词，体现了南洲人改造客观世界，装扮美好生活的英雄气慨和求真务实的创新精神。

　　三是《南洲和韵》的爱国进取特色。湘楚文化的开创者屈原的人生追求就是国富民强，南宋以后延续并拓展了匡时济世的进取精神源泉。《南洲和韵》正是沿袭承继这两种爱国进取的传统。涂光明先生在《国庆60周年感怀》中写道："滚滚风雷卷九州，东方跃起巨龙头。千年禹甸成花苑，万里江山变彩瓯。沙海茫茫腾利箭，银河渺渺走神舟。中华迈向文明路，十亿炎黄竞上游"，诗人充满了热爱祖国的一片赤诚的自豪感。熊耀才的《为神舟六号喝彩》："双人联手荡'神舟'，莽莽星空竟自由。一任翩飞华夏舞，来年更作广寒游"，表达了对祖国航天业飞速发展取得的成绩的由衷喜悦。段春作的《纪念邓小平诞辰100周年》："伟人灯照几春秋，未展宏图志不休。革命岂能有二意，挥戈何惧战四凶。兴亡天下匹夫任，促统风雷震五洲。治理安邦谋略远，强兵富国竞风流"，体现了对"四化"总设计师的深情怀念。陈庆先的《周恩来总理百年冥诞祭》："群科研习渡东瀛，破壁合倾济世情。塞帜南昌红赣水，驱霾重庆撼山城。抗衡两霸三秋菊，开拓五湖四化程。冥寿百年堪告慰，神州遍听小康声"，是对老一辈无产阶段革命家的缅怀歌颂。胡德一的《元宵》诗："甲子从头数，龙灯闹上元。银花生火树，急管接敏弦。地号文明县，时称大有年。欢娱缘底事，春雨润心田"，对中央第三个农业一号文件发布后城乡元宵盛况进行了生动刻画。曾华石《赞青藏铁路》："高原铁路起长龙，屋脊高寒动脉通。科技蓝图大手笔，辛勤杰作铁骑兵。土冰稀氧拼多载，断谷山高踏万重。壮业空前谁是最，风流人物夺天工"，热情赞扬了祖国的天路建设。游利华的《长征颂歌》，对毛泽东等老一辈革命家打天下的历史进行了热情歌颂。而何金华的《满江红·国庆抒怀》，更以"湘楚地方"的"一滴水见太阳光辉"的手法反映了大神州的"旧貌换新颜"和"小康春色"。夏疏河的《公安雄风》和洪英的《答应我吧，卫文》，高度颂扬了公安干警的赤胆忠心。徐国光《厂窖惨案六十周年》和李三光《参观厂窖惨案纪念碑有感》，表达了"居安勿忘保和平""怒看中东狼摆舞"的广阔情怀，血与火的过去和现在，令人不可忘记。在《奋斗不息》这一辑中，还选用了彭德怀、段德昌、黄公略、曾惇等老一辈革命家和先烈的作品，读来使我们的心情感到既亲切又深受教育。戴赐善的新诗和潘之美的民歌，也特别富有风味。在上述这些诗歌中，不但饱含着诗人们对祖国对家乡的昨天、今天和明天的热情讴歌与展现的进取精神，而且还巧妙地将现实主义与浪漫主义结合在一起。正如艾青所说，为什么我们的眼中常含泪水，是因为对这片土地爱得深沉。

《南洲和韵》这本精选诗词集，体现了主编者的良苦用心。正是由于涂光明先生以其特有的敏感和恰到好处的把握，从选用作品中，整体上保持了湘楚文化中最有生命力的精神特质，并在新时代背景下能焕发出一种承继传统精华而又获取新时代文化形态的基因，自觉地弘扬了湘楚文化本质，让每个作者充当了时代的歌手，高扬时代的主旋律，使作品的表现对象、表达方式和审美情趣，都打上了深刻鲜明的地域文化烙印，从而凸显了南洲文化中诗歌的新的辉煌。总之，《南洲和韵》承继了湘楚文化中的现实主义与浪漫主义的优良传统，以及赋、比、兴的创作方法，唱响了时代的赞歌，富含了传统的要素，丰富了地域的精神，创新了进取的意识，是南县有史以来一本不可多得的诗歌选集！让我用一首小诗作结本文：

诗词歌赋百篇珍，风月湖山千代新；
热土南洲和韵起，精神文化脉承伸。

（原载湖南省文联《文坛艺苑》、2010年第3期《益阳职业技术学院学报》）

作者简介：彭佑明，南县人，退伍军人。中国民间文艺家协会、湖南省作家协会会员，湖南省诗词协会理事，南县诗词家协会主席、《南洲诗词》主编。

回望南县诗协四十年

◎ 彭佑明

光阴似箭，日月如梭。南县诗词家协会（原南县南洲诗社），至2023年3月成立已经四十周年了。40年来，我与诗协相遇、相识、相行，留下了深刻印象。

一、相遇

1983年初我退伍不久，春季的一天，从浪拔湖大队到公社文化站去，见到了当时的孙辅导员。他全家1968年下放到我们生产队，我与他就相识了。他知道我1974冬任公社文化站辅导员，1976年冬入伍了。他拿出一本绿色面子的油印本诗词集《南洲诗稿》给我看，说县里新成立了南洲诗社。我接过来翻看着，这本是仿线装的书，诗词从左至右，竖行排列，双页中间还刻有《南洲诗稿》等字。当时文化氛围日渐浓厚，社会形势一片大好。我在部队政治处工作时，利用空余时间，曾将自己写的百余首旧体诗词亲自用打字机编成了一本《心曲集》。孙辅导员说，如果我有兴趣的话，可以联系诗社，参加活动。我婉拒了，说作为农民，距县城远，不大方便参加。后来，我到他的家里，又拿过几期给我看过。刻写诗词稿的是从南县五中调到县文化馆去的杨亮宇老师，他的钢板字刻得很漂亮。县文化馆办过文艺创作学习班，杨老师要孙辅导员通知我前去参加过（我入伍前就经常参加地区、县里举办的文艺创作学习班）。

1984年6月29日,县南洲诗社举办庆七一吟诗座谈会,在县文化馆二楼,有20多人参加。在现场,秘书杨亮宇老师向各位介绍我这位新人时说:"这位是浪拔湖的彭佑明同志,他是拿起耙头能种田,拿起笔杆能创作,拿起枪杆能站岗,扶起方向盘能开车的军地'两用'人才,能文能武。当兵前就在各级报刊发表过很多作品,在部队也被誉为'战士诗人'。"我站起来向大家行鞠躬礼,有点不好意思,脸也涨得有点红,忙说:"今后请各位老师多指导关照。"坐下来后,我看到墙上有一幅画,是我在县五中读书时的美术兼音乐老师彭竖仁画的,画中有代表春夏秋冬的花朵,非常鲜艳生动。我当时想,一般画作是不会这样将不同季节的花朵画到一起的,这个"万紫千红"是一种艺术化,源于生活高于生活。会上,我吟诵了自己的一首拙作《加入南洲诗社逢七一》:"六十三年党诞辰,南洲兴会聚骚人。国风浩浩篇篇美,文采泱泱句句新。笔写母亲心上意,诗吟慈父口中音。千歌万曲同欢庆,四化征途谢大恩。"

二、相识

1985年下半年,我被请到南县民政局,参与编写《南县民政志》,因住在县城,与南洲诗社联系得更多了,经常参加诗社的活动。有次诗社重阳节搞活动,记得我写了《庆老人节》:"青丝皓首聚华堂,独有黄花醉欲狂。风采诗人休笑我,也歌一曲闹重阳。"后来有一年中秋节,由诗社社长沈于之主持,凡参加人员只要吟诵了诗词的,每人发一个一斤重的大月饼。我在会上吟诵的是《中秋赏月诗会》:"把酒吟诗桂影重,清风明月伴长空。世间多少团圆意,都在今宵咏唱中。"南洲诗社成立五周年时,我写了《贺南洲诗社成立五周年》:"洞庭湖畔响春雷,一面诗旗猎猎飞。五载风流歌万首,告知李杜慰泉台。"南洲诗社成立十五周年时,我写了"挥毫拂起洞庭风,卷入神州诗意雄。十五周年辛苦路,骚坛又一大旗红。"南洲诗社在有关部门和全体成员的呵护参与下日益发展壮大，我感觉是"社似新苗众手栽，阳光雨露育成材。建修四化高庭宇，千丈栋梁树起来！"我当年写的如《渔家傲》等一些旧体诗词，曾发表在《湖南诗词》《湖南老年人》《益阳报》等报纸杂志上。

1993年起，我在民政局基政股工作，其中有项社团登记管理是我的业务。这项业务管理直到2012年才从我手上分出去。所以，这20年间，我与社会团体联系紧密，经常关注有关先进社团，也在有关报纸杂志大力推荐报道社团组织，扩大其知名度。南洲诗社，我多次写报道文章在《中国社会报》《民政与社会》《社团报》等报刊发表。我印象较深的一次是，南洲诗社成立15年时，我写了一篇《中华诗园一芙蓉》的文章：

湖南省南县南洲诗社，自1983年成立以来，犹如芙蓉国里一朵香艳长存的美芙蓉，盛开在中华诗园之中，受到世人的夸赞，香飘全球。

南洲诗社是中华诗词学会团体会员，也是湖南诗协团体会员和益阳市诗协团体会员。该诗社的社员遍及五大洲，它编辑出版的《南洲诗词》，传播于全球有华人诗人的地方。其发展：

一是走政府扶持资助、自力自理的经费路线。诗社是社团组织，经费完全仰仗政府是不现实也是不可能的，只能坚持政府扶持和自力自理的路线。

二是坚持兼容并蓄、雅俗共赏的办社方针。主要体现在两个方面：一方面从诗社成员看，坚持五湖四海，以继承发展中华诗词为总目标，不论工农商学兵或男女老少，只要他（她）爱好诗词，有诗文基础，承认诗社章程，就可以申请入社，就可以被诗社吸收为社员。诗社共有会员数百人，来自五大洲，其中中坚分子58人。像县政府办、县文化馆、县邮电局等单位，有些文化基础好的同志渴望学习传统诗词的写作，要求诗社办学习班，诗社已举办了多次，使不少的同志有了诗词创作的基础，被吸收为会员；另一方面，从创作要求看，诗社欢迎韵律严格，意象结合、深沉高雅的作品。诗社不排斥生活内容半富、饶有诗意的破格处女之作。特别是年轻诗友和改革创新的同志的作品，诗社尽量少改多刊，以扶新苗保护其积极性。《南洲诗词》从1996年第一季度起，增辟了"自评""诗论"专栏，搞佳作赏析，以不断提高创作水平。为迎接县内有关大型政治活动，诗社还创作出版了《南洲吟》《洞庭水韵》《荆花吟》《喜迎香港回归》等诗集。另外还为近十位会员编辑出版了个人诗词作品集。

南洲诗社十五年中，在"两为""双百"方针指引下，为时代唱、为时风歌，为知者谋，为仁者寿，为社会乐。

愿南洲诗社这朵鲜艳夺目的芙蓉花，在中华诗坛上永摇春色，永放奇香！

三、相行

南洲诗社，许多年中都是县内活动开展最经常，影响力最广泛的社团，曾被评为省、地、县先进社团。回想起来，20世纪80年代末左右，我被选为诗社理事会理事，直到接任副主席。我深知，理事会的成员职责：就是为会员服务的。我经常参加南洲诗社的活动，与老同志在一起，我学到了很多知识，丰富了自己。我与仙逝的南洲诗社元老沈于之、龙龙、陈定国、陈迪生、李劲武、徐国光及健在的90多岁的张志刚、文致中等老先生都有过往来。他们中的一些人，曾打电话或约谈我，想培养我，但那时因工作忙，除担任理事外，其他我都基本婉拒了。后来涂光明社长在任内按要求将诗社改为诗协的这一届内，把我吸收选举为副主席。正是在这一届内，涂主席到有关部门筹集资金，使诗协开展了较多的采风活动。他还和老社长文致中先生一道，找县里有关领导，解决了每年诗协活动2万元的经费，为诗协发展奠定了基础。涂主席当时年近70岁的时候，正是2016年下半年，我已退休。诗协涂主席，多次寻觅接班人，与我谈话寄予希望，于2016年12月31日经诗协会员选举，我接过了涂主席移交给我的重担。

南县诗词家协会，在县委宣传部、老干局、文联、民政局等部门单位的指导关注下，经过历届会员的团结一致，齐心努力，积极参与有关活动，积极创作，讴歌党和祖国及社会主义制度，讴歌人民，讴歌生活，批判假、恶、丑，歌唱真、善、美，为时代唱赞歌，作品已出版集结成《南洲诗词》132期，汇聚了历届会员们的心血，大家用诗词记录生活点滴和时代印迹，充满了会员们对南县家乡的热爱，反映了会员们对诗词歌赋的热爱，洋溢着会员们对美好生活的热情。这是难能可贵的！

我们南县诗词家协会的会员们，四十年的耕耘，四十年的播种，四十年的汗水，四十年的收获，让我们永不自满，永不停步，永远自信，乘着"双百方针"和有关习近平对文艺工作的讲话精神及党的二十大会议的东风，跨入新时代！我用一首小诗作结本文：

> 文脉长河流不尽，南洲沃野百花栽。
> 先贤挥手征帆挂，后辈操桡激浪回。
> 日月迎头歌似锦，雨风扑面笑如梅。
> 春秋硕果诗坛艳，继往开来号角催！

附录一：南县诗词家协会组织名单

（1983年3月成立南洲诗社，2010年按上级要求更名为南县诗词家协会）

第一届（1983.3—1987.2）
社　　长：沈于之
副社长：陈定国（兼秘书）　林植景　段心浓　周东欣
理　　事：马永森　谢学超　李学宏　徐国光

第二届（1987.2—1988.3）
社　　长：沈于之
副社长：全良才　李劲武　陈庆先　陈定国　夏日炎
　　　　龙　龙
理　　事：何应昌（兼秘书）　周正儒　杨亮宇　周振涛
　　　　夏宏业　欧长发　段宗凡　段心浓　彭竖仁

第三届（1988.3—1990.1）
社　　长：沈于之
副社长：龙　龙（常务副社长）　全良才　李劲武　陈庆先
　　　　陈定国　夏日炎　卞　玉
理　　事：何应昌（兼秘书）　刘松培　孙炜剑　任秉棠
　　　　陈迪生　张培源　周正儒　周振涛　钟　岳
　　　　段宗凡　段心浓　黄志伟　彭竖仁　郭竞成

第四届（1990.1—1994.3）

社　　长：龙　龙

副社长：陈定国　陈庆先　何应昌　段心浓　夏宏业
　　　　郭竞成（兼秘书）　陈迪生

理　　事：刘松培　祁　峰　孙炜剑　朱学斌　全良才
　　　　任秉棠　张培源　李劲武　欧长发　周正儒
　　　　段宗凡　夏日炎　曹汉章　彭佑明　彭竖仁
　　　　马永森　陈志平

第五届（1994.3—1996.3）

社　　长：陈迪生

副社长：陈定国　陈庆先　夏宏业　何应昌　段心浓

理　　事：马永森　刘松培　刘新国　全良才　许　衡
　　　　任秉棠　陈志平　张培源　周东欣　严奠烽
　　　　杨伏生　段宗凡　夏日炎　郭竞成　彭佑明
　　　　葛　谦

第六届（1996.3—1998.3）

社　　长：陈迪生

副社长：葛　谦　胡梦兰　陈庆先　欧阳剑光

理　　事：文致中　马永森　田书垠　刘松培　刘新国
　　　　严奠烽　杨伏生　周东欣　段宗凡　罗延生
　　　　彭佑明　周高朗　曾宪荣　姚固良

第七届（1998.3—2000.6）
社　　长：陈迪生
副社长：陈庆先　胡梦兰　欧阳剑光　夏宏业　葛　谦
理　　事：马永森　田书垠　刘松培　严奠烽　杨伏生
　　　　　罗延生　周东欣　姚固良　段宗凡　曾宪荣
　　　　　彭佑明　彭建明　万奇璋　薛咏岚　何应昌
　　　　　段心浓

第八届（2000.6—2003.3）
社　　长：陈迪生
副社长：陈庆先　胡梦兰　薛咏岚　游克卿
理　　事：马永森　田书垠　刘松培　严奠烽　罗延生
　　　　　周东欣　姚固良　段宗凡　曾宪荣　彭佑明
　　　　　彭建明　万奇璋　肖正明　何应昌　段心浓

第九届（2003.3—2006.5）
社　　长：文致中
副社长：全书卿　涂光明　陈迪生　游克卿　余楚怡
理　　事：胡德一　赵新钰　肖正民　马永森　李三光
　　　　　彭继权　胡梦兰　何绍连　刘松培　许东华
　　　　　彭建明　彭佑明　陈庆先　卞　玉

第十届（2006.6—2010.10）

社　　长：涂光明

副社长：唐乐之　何绍连　俞首成　游利华

秘书长：游利华（兼）

副秘书长：彭佑明

理　　事：胡德一　彭佑明　夏疏河　可金华　洪　英
　　　　　陈云祥　徐国光　刘曙光　刘金榜　李三光

第十一届（2010.12—2016.12）

主　　席：涂光明

副主席：俞首成　彭佑明　游利华　刘金榜

秘书长：游利华（兼）

理　　事：夏疏河　何金华　洪　英　刘曙光　苏山云
　　　　　冷国山（正、副主席即为常务理事）

第十二届（2016.12.31—至今）

主　　席：彭佑明

副主席：俞首成　冷国山

秘书长：冷国山（兼）

副秘书长：彭　静

理　　事：何金华　苏山云　刘　艳　彭　静　蒋兰英
　　　　　邓莱香（正、副主席即为常务理事）

附录二：南县诗词家协会历届顾问、荣誉主席名单

第一届：
名誉社长：姚长龄
顾　　问：李仲嘉　曹　瑾　夏宏业　陈道毅　曾汉杰
　　　　　李慕清　方挽澜　龙云辉　吴毅夫　卞　玉

第二届：
名誉社长：姚长龄　吴敏政
顾　　问：方挽澜　卞　玉　尹正华　龙云辉　吴毅夫
　　　　　李儒清　罗定安　姚佩祥　段心禹　徐国光

第三届：
名誉社长：姚长龄　姚佩祥　吴敏政
顾　　问：方挽澜　卞　玉　尹正华　龙云辉　朱义中
　　　　　全书卿　张至刚　吴毅夫　余楚怡　李儒清
　　　　　罗定安　段心禹　徐国光　曹　瑾　曾汉杰

第四届：
名誉社长：段新宇　姚长龄　姚佩祥　吴敏政　沈于之
　　　　　李劲武
顾　　问：方挽澜　卞　玉　尹正华　龙云辉　朱义中
　　　　　全书卿　张至刚　吴毅夫　余楚怡　李儒清
　　　　　段心禹　曾汉杰　郭履平

第五届：
名誉社长：万　迁　段新宇　姚长龄　姚佩祥　沈于之
　　　　　吴毅夫　吴敏政　李劲武
顾　　问：卞　玉　尹正华　龙云辉　龙　龙　朱义中
　　　　　全书卿　陈瑞亭　张至刚　余楚怡　李儒清
　　　　　段心禹　郭履平

第六届：
名誉社长：万　迁　段新宇　姚长龄　姚佩祥　沈于之
　　　　　吴毅夫　李劲武　李功玉　刘青蔓　文致中
　　　　　高建武
顾　　问：卞　玉　尹正华　龙　龙　龙云辉　朱义中
　　　　　全良才　陈瑞亭　张至刚　余楚怡　段心禹
　　　　　夏日炎　郭履平　曾汉杰　赵新钰　曾广瑞
　　　　　唐乐之　蒋赐富　李世清　孟宇湘　周高朗

第七届：
名誉社长：万　迁　文　强　文致中　沈于之　吴毅夫
　　　　　吴敏政　李劲武　姚长龄　姚佩祥　高建武
　　　　　谢银生
顾　　问：卞　玉　龙　龙　尹正华　全书卿　张至刚
　　　　　陈瑞亭　李世清　周高朗　段心禹　孟宇湘
　　　　　赵新钰　唐乐之　曾广瑞　曾汉杰

第八届：
名誉社长：万　迁　文　强　文致中　沈于之　吴毅夫
　　　　　吴敏政　李劲武　姚长龄　姚佩祥　谢银生
　　　　　聂新民
顾　　问：卞　玉　龙　龙　张至刚　段心禹　周高朗
　　　　　孟宇湘　赵新钰　曾广瑞　黄明灿　刘建军

附　录 | 293

第九届：
名誉社长：万　迁　姚佩祥　彭忠阳
顾　　问：沈于之　姚长龄　陈建国　张至刚　吴毅夫
　　　　　龙　龙　李劲武

第十届：
名誉社长：孔惠农　彭忠阳　全书卿　陈迪生
顾　　问：文致中　张至刚　孟建华　余楚怡　李劲武

第十一届：
名誉主席：彭忠阳　李繁荣　全书卿　张至刚
顾　　问：文致中　肖金彩

第十二届：
名誉主席：彭忠阳　李繁荣　全书卿　张至刚　文致中
顾　　问：涂光明

后 记

◎彭佑明

南县诗词家协会（原南洲诗社）至2023年3月，已经成立四十周年了。

南县诗词家协会为了纪念四十年来的出刊成果，特在《南洲诗词》刊发的诗词作品中精选的作品辑集，选取与这片地域有关的诗人代表作1至3首。这项工作主要由《南洲诗词》编委会涂光明、彭佑明、冷国山、苏山云、刘艳、彭静等老师负责，从出版的132期刊物作品中选取。编辑时，大家利用节假日，不畏天寒地冻，不顾酷暑难耐，精心选编诗词。特别是涂老先生，在统筹选稿时，更是不顾年事已高，精益求精，付出了更多的辛勤劳动和心血，值得诗友们铭记。

这本诗友们的精选诗词纪念专辑，得到了老领导段新宇同志的关注，他热情洋溢地为诗词集撰写了序言。更是受到了中共南县县委常委、县委宣传部部长王刚的关心，在百忙之中为书的出版作了韵味悠长的序言，并对全县诗人们寄予了厚望。县文联谭芳主席和肖跃副主席等，对诗词集的出刊给予了积极支持。还有南县诗词家协会的名誉主席文致中、李繁荣和顾问涂光明等，提供了回忆南县诗词家协会以前活动的文章。这些，为读者了解南县诗词家协会四十年来的历程提供了第一手资料，这里一并致谢。

南县诗词家协会四十年来，在有关部门的关心支持下，在历任负责人的组织下，经过历届会员和诗友们的共同努力，取得了今天出刊132期的成绩，这是难能可贵的。

南县诗词家协会走过了难忘的岁月，走过了坎坷之路，现在正走向新的时代，新的生活，新的征程。但愿诗词家们作品中的心路历程，能给予热爱诗词的人们以一点鼓舞、一点欣赏、一点启示，则功莫大焉。感谢所有为此书出版做出努力的人们，没有你们的支持，就没有这本书。这里还要特别鸣谢湖南云上雅集文化传播有限公司，该公司积极联系出版社，《诗韵南洲》才得以公开出版。由于编者的水平有限，诚请读者对存在的错误予以批评和指正。

2023年1月于南洲